欧美当代经典文库

马戏小子

[德] 西尔维娅·恩勒特 / 著
[德] 克里斯蒂安娜·汉森 / 绘
王怡明 / 译

河北出版传媒集团　河北少年儿童出版社

图书在版编目（CIP）数据

马戏小子 / (德) 恩勒特著 ; (德) 汉森绘 ; 王怡
明译. -- 石家庄 : 河北少年儿童出版社, 2015.6
（欧美当代经典文库）
ISBN 978-7-5376-5461-6

Ⅰ.①马… Ⅱ.①恩… ②汉… ③王… Ⅲ.①儿童文
学 – 中篇小说 – 德国 – 现代 Ⅳ.①I516.84

中国版本图书馆CIP数据核字(2014)第226271号

© 2012 arsEdition, München - all rights reserved - Original title:„
Tommy Löwenfreund, der mutigste Junge der Welt "

著作权合同登记号　冀图登字: 03-2014-055

欧美当代经典文库　马戏小子

著　　者	[德] 西尔维娅·恩勒特	
绘　　者	[德] 克里斯蒂安娜·汉森	
译　　者	王怡明	
策划监制	敖　德	
责任编辑	戴　扬	
特约编辑	火棘果子　敖省林	
出　　版	河北出版传媒集团　河北少年儿童出版社	
地　　址	河北省石家庄市中华南大街172号　050051	
印　　刷	北京盛通印刷股份有限公司	
发　　行	全国新华书店	
开　　本	880毫米×1230毫米　1 / 32	
印　　张	4.25	
版　　次	2015年9月第1版	
印　　次	2015年9月第1次印刷	
印　　数	1-8000	
书　　号	ISBN 978-7-5376-5461-6	
定　　价	18.00元	

序

刘绪源

　　这套"欧美当代经典文库"规模相当大，共有五十来种。时间跨度也不小，几位十九世纪末出生的作者也被收入囊中——可见这里的"当代"是用以区别于"古代"的概念，它包含了通常意义上的"近代"和"现代"。这样一套书的启动与陆续出版，是一件令人兴奋的事。将近二十年前，在我的理论书稿《儿童文学的三大母题》付印出版的时候，就曾暗想，如果有一套内容丰富多彩的世界儿童文学的翻译作品集能同时问世，如果读者在读这本理论书时，可以不断从译作中找到相关的作品及体验，那该有多好！当时这话是不敢和人说的，因为拙著还没受到读者和时间的检验，是否站得住脚，实在毫无把握。现在，虽然书已印了三版，但仍须接受读者和时间的检验，仍不敢肯定它是否站得住脚，而我还是渴望有一套大型翻译作品集可与之对读。不是说要用作品来证明自己理论的正确，而是可以通过这样的书引发更多读者、研究者和爱好者的共同思考。这样思考的结果，可能恰恰证明了拙著的不正确或不严密，而这更为喜人——这不就使理论得到突破，使认识得到了推进吗？中国从来就有"左图右史"之说，这可指图与史的对读，也可引申为形象思维与逻辑思维的互补，阅读作品与理论思考的互参。所以，借此重提我的一些粗浅的思考，无非就是抛砖引玉的意思。

在《儿童文学的三大母题》中，我把儿童文学大致分为"爱的母题""顽童的母题"与"自然的母题"，这样就可发现，各个种类的、差异极大的儿童文学作品，其实是同样合乎法则的，它们会从不同角度帮助不同年龄的儿童获取审美感受，体验世界和人生，并得到文学的乐趣。而此前，我们的眼光是非常局限的，不习惯于将各类作品尽收眼底，因而常有人理直气壮地排斥一些自己所不熟悉的创作。这里，"爱的母题"体现了成人对儿童的视角，"顽童的母题"体现了儿童对成人的视角，"自然的母题"则是儿童与成人共同的面向无限广阔的大自然的视角。在"爱的母题"中又分出"母爱型"与"父爱型"两类，前者是指那些对于幼儿的温馨的爱的传递，如《白雪公主》《睡美人》《小红帽》等早期童话都属此类，从这里找不到多少教育性，甚至故事编得也不严密，但世代流传，广受欢迎，各国的母亲和儿童都喜欢；后者则是指那些相对较为严肃的儿童文学，它们要帮助孩子逐步认识体验真实的世界和严峻的人生，所谓"教育性"更多地体现在这类作品中。但真正好的"父爱型"作品也必须是审美的，它们让儿童在审美中自然地引发对自己人生的思考，而不应有说教的成分——它们仍应像上好的水果，而不应像治病的药。

我欣喜地看到，在这套大书中，"三大母题"都有丰满的体现。一眼望去，满目灿烂，应接不暇。这里既有《小熊温尼·菩》《蜜蜂玛雅历险记》《小袋鼠和他的朋友们》等"母爱型"作品；也有《野丫头凯蒂》《疯狂麦基》《老人与海》等"父爱型"作品；更有《马戏小子》《傻瓜城》等"顽童型"作品，还有《狗狗日记》等合乎"自然母题"的佳作。有些作品可以说是不同母题的结合。如翻译家李士勋先生新译的《魑蝠小子》四部曲，细致生动地刻画了吸血蝙蝠的特性，却又加入了合理地改造这种动物的构思和设想，这就在"自然的母题"基础上添入了"母爱型"的内容,使其具有了一点儿近乎"科幻"的成分,这是很有趣的文学现象。细读这套书中的各类作品,一定会有更多更新鲜的发现。这是很令人期待的。

这套书让人百读不厌,它们既吸引尚不识字的幼童,也会使八十岁的老人为之着迷。刚刚译毕的德国作家邦瑟尔斯的《蜜蜂玛雅历险记》,初版于1912年,距今已一百多年了,在德国和世界各地,三岁的孩子入睡前常会要父母给他们念一段这个小蜜蜂的故事,可是据熟悉此书的朋友介绍,爱读这本童话的成年人,一点儿不比儿童少。曾获诺贝尔文学奖的海明威的《老人与海》,本来不是给孩子写的,现在奉献给少年读者,同样非常合适。这说明了什么?我以为,这恰好证明了一点:真正第一流的儿童文学,应该是儿童喜欢,成人也喜欢的;它们在儿童文学里是一流精品,拿到成人文学里去比一下,毫无疑问,应该还是一流!如果一部作品孩子看着喜欢,成人一看就觉得虚假造作粗劣无趣,它的价值就十分可疑。同样,一部作品在儿童文学领域听到了一点儿好话,拿到成人文学中去一比就显得水平低下,如还要说这是精品,就很难服人。当然这里要排除成人的一些偏见,比如儿童书一定要"有用"，要能马上帮助孩子改正缺点，等等，就都属于不合理的要求。排除了这些久已有之的偏见，成人的艺术修养、审美能力、辨别能力等，肯定都在孩子之上。所以请成人在替孩子买书时自己也读一读，这也有益于成人和孩子间的交流。本丛书中的大部分作品，正是那种孩子喜欢、成人也喜欢的精品。

还有一点需要补说的，是为什么在完成《儿童文学的三大母题》时，我想到的可与之对读的是一套优秀翻译作品集，而不是一套中国原创作品集。那是因为，当年（20世纪90年代初）中国作家的儿童文学创作，还不足以证明儿童文学的确存在这样三大母题，它们应具有同样的合法性。如前所说，那时强调更多的恰恰还是"有用"，即有"教育意义"——这些作品中的佼佼者或可归入"父爱型"的母题中去，但儿童文学怎能只有这半个母题？这不太单调了吗？所以我才会投入这样的研究。我研究中所参照的，正是全世界的我所能看到的最好的儿童文学。现在，中国儿童文学已有长足的发展，但阅读和参照最优秀的世界儿童文学精品，仍是我们的必修课，并且是终身必修的美好课程。对于儿童读者来说，大量的优秀译作更是他们所渴望和急需的。现在评论界和出版界似有一种倾向，即为保护和推动国内作家的创作，总想能限制一下对外国作品的引进，以便将地盘留给本土作品。我以为这是很没志气的想法。当年鲁迅先生极端重视翻译，他甚至认为翻译比创作还重要，他把好的译者比作古希腊神话中为人类"窃火"的普罗米修斯，有了火种，人类才会发展到今天。这一比喻在儿童文学界也同样适用。举例而言，20 世纪 70 年代末，如没有任溶溶先生一气译出八种林格伦的"顽童型"作品（包括《长袜子皮皮》《小飞人》等），中国儿童文学会那么快地发展到今天吗？所以，到了今天，我们的儿童文学创作仍需向世界一流作品看齐，我们的佳作还不够多，问题仍然不少，因此，鲁迅的比喻仍没过时。现在我们常说的"三个代表"中，有一个代表指的是"代表先进文化"，世界最优秀的儿童文学就是先进文化，只有在这样的文化充分引进之后，本土文化与这样的文化有了充分的交融和碰撞，本土文化才会得以提升并具有同样的先进性。如把先进文化关在门外，以此保护本土文化，那本土文化就不可能发展。所以，为了中国一代一代的孩子，也为了中国儿童文学的今天和明天，必须有更多的翻译家和出版家，把眼光投向最好的儿童文学，不管它们出自哪个国度，我们都应尽快地"拿来"。我愿把最美的花朵献给这样的翻译家和出版家们！

2013 年 4 月 28 日写于北京远望楼

目 录

我们先来认识一下故事里的主人公和动物们吧：

托米·洛文弗洛德

马戏团里的马戏演员，世界上
最勇敢的男孩儿。

雄鬃

一只狮子，托米最要好的
朋友，它非常爱吃小香肠，
偶尔也会想家。

阿历克斯

一个爱踢足球的再普通不
过的男孩儿，后来和托米
成了好朋友。

皮特·贝格曼和露娜·贝格曼

马戏团里的双胞胎兄妹，他们总在
托米恶作剧的时候出现并大笑。

米勒先生

皮特和露娜兄妹的狗，聪明
无比，甚至会买面包。

卡洛塔·巴特利夫人

马戏团团长，满头都是卷发，
她有三匹白马，不过它们很
快就变得脏兮兮的了。

还有几位英雄也是马戏团的成员：

奥罗拉·冯·格朗茨贝格
马戏团的女魔术师，喜欢
穿闪闪发亮的衣服，香水
总是喷得太多。

古贝特
马戏团里的小矮人。在魔
术师奥罗拉的表演中，每
次都要把他锯开，对此他
从不反对。

大个子里纳多
马戏团里的杂技演员。他
觉着自己比托米更勇敢，
但没多久就改变了想法。

鲍里斯

马戏团里的演员兼动物饲养员，在不该打喷嚏的时候偶尔会打上一个。

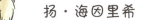

扬·海因里希

大象驯养员，被托米用"消气药"进行了"治疗"。

米米

一只母象。

海德老师

她真的没有看起来那么凶哦。

献给罗宾

——西尔维娅·恩勒特

故事 1：
托米和狮子雄鬃为困境中的阿历克斯解围

　　贡德尔豪森是一个很小很小的城市。要不是因为四年级那三个调皮鬼，这本该是一座多么祥和的小城啊。阿历克斯根本不知道那几个调皮鬼的名字，只是一直称呼他们为讨厌鬼。他们最喜欢做的事情就是欺负别的孩子，要是他们没往路上扔糖纸，也没拔别人自行车的气门芯，那他们一定是在招惹小朋友。

　　此刻，阿历克斯正独自一人走在放学回家的路上。真不巧，那三个坏小子偏偏这时候从拐角处走了出来。阿历克斯心想，这次可能要失去所有的铅笔了，可能连橡皮也保不住。

　　那几个家伙把阿历克斯团团围住，怪里怪气地笑话他："哈哈！你怕什么，看你脸都吓绿啦！"

"谁害怕啦……"阿历克斯一边回答，一边试着从他们中间向外挤，可这样一来，书包却不小心从肩上滑了下来。那几个淘气包儿一拥而上，猛地抓起他的书包，使出全身力气把它扔向高处。小书包越飞越高，最后挂在了路边大树的树杈上。那些坏小子们幸灾乐祸地大笑起来，而阿历克斯却强忍着才没有哭出来。

"这真是个奇怪的城市，"突然一个声音说道，"这里所有的书包都是会飞的吗？"

阿历克斯和三个讨厌鬼都惊讶地转过身去——咦，那里忽然出现了一个男孩儿！他的个子比阿历克斯稍微矮一些，长着一头金色的乱发，绿色的眼睛，耳朵直愣愣的。阿历克斯多么希望这个男孩儿能帮他脱身啊，可他看起来也不是很强壮的样子。

"你想怎样啊，招风耳？"一个坏小子目光阴沉地问道。

"噢，你说我的耳朵呀。"金发少年说着，发出朗朗笑声，"起风的时候我的耳朵灵得很，真该让你们见识一下。可惜今天风力不足，明天可能会好得多。如果我是你们，无论如何都不会错过见识的机会！"

三个家伙目瞪口呆地望着金发少年。

"当我穿过一扇门的时候，"金发少年继续说道，"身子还没到，我的耳朵就听见屋里的声音了。厉害吧？"

"真棒！"阿历克斯答道。可是他犯了一个错误，他的声音提醒了讨厌鬼们：他还在这里。

一个坏小子伸出手指戳向阿历克斯的肚子，他吓得不禁打了个趔趄。

"我也可以这样做吗？"那个陌生的男孩儿问道。还没等这三个大男孩儿张嘴回答，他就已经向他们后背戳过去了。三个大个头儿气坏了，他们气急败坏地想抓住他，但马上发现这并不容易。只见金发少年飞快地翻上篱笆，非常平稳地沿着篱笆行进，没有依靠任何东西就稳稳站住！阿历克斯惊呆了。

一个调皮鬼想把这个陌生的少年从篱笆上推下去，

但少年只是咯咯笑着，抓着树枝顺势爬到了树上。他双腿倒挂在树枝上，脑袋向下伸着，喊道："你们不想上来吗？"说着还用手摘下几片叶子，向那几个淘气包儿撒去。

这次轮到阿历克斯笑了。陌生男孩儿友好地看着阿历克斯，喊道："对了，我叫托米，托米·洛文弗洛德！"

"这是什么古怪的名字！"一个调皮鬼叫嚷着。

托米顺着树枝回到了地面，不解地问道："这有什么古怪的呢？"

他们什么都没说，而是猛地向托米扑去，不约而同。

就在这时，阿历克斯听到了奇怪的声响，听起来有点儿像猛兽的吼声。但是这不太可能呀，贡德尔豪森这样的小城哪儿来的猛兽呢？阿历克斯倒是认识一只"猛兽"，它叫赫伯特，是邻居家的猎獾狗，因为它总是非常易怒，所以人们都不敢去摸它。

路边的灌木丛中不断发出窸窸窣窣的声音，接下来一只活生生的狮子忽然跳到了阿历克斯面前的路上！它的毛发耸立着，尾巴晃来晃去，一副非常愤怒的样子。还好，它的目标并不是阿历克斯，而是直朝着几个调皮鬼奔了过去。

"这是雄鬃，"托米骄傲地介绍，"它大概又悄悄地跟着我了！噢，对了，它最讨厌别人威胁我。"

这时候，那几个淘气包儿已经吓傻了，他们彻底慌了！一个小子"噌噌"地爬到树上躲着，另外两个正努力地往电线杆上爬，但总也爬不上去。阿历克斯、托米，还有雄鬃，饶有兴致地看着他俩抱着光溜溜的电线杆子，爬上去，又滑下来。那两个男孩儿哆嗦着夹住电线杆，目瞪口呆地望着狮子。雄鬃也瞪着大大的金棕色眼睛回敬过去。

　　"嗯，"托米若有所思地说，"你，到那棵树上去！把他的书包拿下来。对了，还要跟我们道歉！如果这样的话，雄鬃可能会变得安静些。"

"对……对……对不起……"三个大男孩儿结结巴巴地说，并把阿历克斯的小书包还给他，他们看上去一脸狼狈，"我们再也不欺负你了，绝不！我们说话算话！"

"那好吧。"阿历克斯答应着，心里高兴得恨不能跳起来。

之后那三个淘气包儿忙不迭地逃走了。托米满意地在狮子左耳后挠了几下，雄鬃好像很喜欢这样，它像小猫一样呼噜呼噜地叫着，一点儿凶悍野蛮的样子都没有了。阿历克斯心里痒痒的，很想过去抚摸一下狮子，可他实在没有这个胆量。

"谢谢你们，遇见你们真是太好了！"阿历克斯说着。

"这没什么，"托米得意地抚摸着雄鬃的后背，"可惜我马上就要离开了，你叫什么名字呀？"

阿历克斯告诉托米自己的名字。真是太遗憾了，托米这么快就要离开。他还能再见到托米吗？但愿能再见到！

告别的时候，托米向阿历克斯挥着手："你会来找我玩儿吗？"

阿历克斯欣喜地说："那还用说！你住在哪里？"

"我就住在大雁草场。"

"可是……"阿历克斯有些迟疑，"那里根本没人住呀。"

托米闪烁其词地说："可是现在，"他说，"每天下午六点都会有演出的。"

这时阿历克斯才想起来，前几天他确实收到过广告，说大雁草场上将举行马戏表演。托米翻遍牛仔裤的口袋，从兜里掏出三张彩色的纸片儿来。噢不，这哪里是纸片儿，分明是三张马戏表演的入场券！托米把入场券塞到阿历克斯手中。

"谢啦。"阿历克斯激动得脸都红了，不知如何表达心中的喜悦。

　　"那就再见吧！"托米笑着跟阿历克斯道别。他坐在雄鬃的背上，一眨眼的工夫就越过灌木丛，向大雁草场的方向疾驰而去了。

故事 2：
托米给狮子拔牙，
用棉花糖平息了大象的怒气

"爸爸！我今天遇到了一个男孩儿，他有一个狮子！"一回到家，阿历克斯就把书包扔到角落，向爸爸喊道。

"一个男孩儿，有一个梯子？那又怎么样呢？"爸爸没听清，他正在厨房里鼓捣着天花板上的灯。没人能像爸爸一样把东西修理得那么好。此时锅里煮着的通心粉酱汁儿正咕嘟咕嘟地冒着泡泡。

"他有头狮子！"阿历克斯扯着嗓门喊道，"它的个头那——么大！是棕色的！牙齿又尖又长！绝对是一头真狮子，就在大街上！"

"在咱们这里的大街上？"阿历克斯的爸爸吃惊得差点儿从梯子上摔下来，只听见"噗噗"几声，三颗钉子掉进了通心粉酱汁儿里。

阿历克斯急忙把钉子从酱汁儿里捞了出来。看到通心粉安然无恙，阿历克斯的爸爸才回过神来。他觉得全家人一起去看马戏是个不错的主意。阿历克斯见状，恨不得重新穿好外套，马上奔向大雁草场。可是阿历克斯和爸爸现在必须等待，因为妈妈还没有下班。

这三口之家终于出发了。阿历克斯把入场券牢牢地攥在手里。这天下午，大雁草场上到处弥漫着爆米花、棉花糖、秸秆和动物们的味道。"瞧一瞧，看一看！世上最勇敢的男孩儿会让你惊叹！"帐篷入口处站着一个小丑，手里拿着宣传单使劲儿挥舞着。单子上是一个少年和一头狮子在一起的图片。等一下，那不就是托米和雄鬃吗？

阿历克斯的爸爸妈妈已经找到位置坐下了，他们允许阿历克斯到处跑跑转转。马戏团里那些刷着红黄相间条纹的车子，让阿历克斯感到非常新奇。那些车上都写着"菲尔那丽马戏团"。只是他到处都找不到托米的影子。

找到了，他在那儿呢！托米蹲坐在一辆车子的车顶上，高兴地跟阿历克斯打招呼。这是托米的房车。他的车子跟别的车子看起来不太一样，上面印着很多蓝色、绿色、白色、黄色的手印。

"阿历克斯，来呀！"托米喊着，并向阿历克斯伸出手，顺势把他拽到了顶棚上。

"你真的是世界上最勇敢的男孩儿吗？"阿历克斯边问边向脚下张望，这里离地面好高啊！不过上面的风景还不错。车顶被阳光晒得暖暖的，在这儿还能看到马戏团的全景呢。

"这个嘛，我也不知道。"托米脸上挂着一丝尴尬，"在中南半岛和中东地区肯定有很多孩子比我勇敢得多！只是他们大概没有兴趣在马戏团里表演吧，因为他们要忙着抓毒蛇，还要用树木来阻挡风暴，或者做些类似的事情。"

"是这样啊！"阿历克斯问，"哎，雄鬃去哪里了？"

托米指向一个带笼子的车，狮子确实在里面。它把脑袋垫在爪子上，一副闷闷不乐的样子。"出场之前它只能待在笼子里，不然观众们该吓坏了，说不定会报警呢。"

"出场"这个词好像提醒了托米什么，他惊呼："差点儿就忘了！我还没换演出服呢！"说完他纵身从顶棚跳下，并帮助阿历克斯回到地面，然后灵活地从窗口钻进自己色彩斑斓的车里去了。

阿历克斯重新回到了马戏团的大帐篷。"你终于回来了，"阿历克斯的妈妈说道，"演出马上就要开始了！"

确实是，烫着满头卷发的马戏团团长正跟观众们致意。演出开始了！看到三只装扮成海盗模样的山羊，阿历克斯觉得好笑极了；还有小丑，他正试图驯服一只羊驼，但是总也无法成功；还有会拼读的狗狗、魔术师锯小矮人，这些节目看得阿历克斯赞不绝口。他还很佩服那些杂技演员和他们漂亮的白马。尽管如此，阿历克斯还是渐渐地失去了耐心，他只想知道托米到底什么时候才能登场。

终于，场地的四周架起了围栏。团长向观众们宣布："亲爱的女士们，先生们！接下来出场的是我们团里最具人气的神奇少年——托米！世界上最勇敢的男孩儿和最年轻的驯兽师！"

此时托米和雄鬃闪电般地出现在场地里。雄鬃跳上小台子，大声地吼叫着，前爪在空中抓来抓去。托米站在离它很近的地方，注视着雄鬃的眼睛。阿历克斯的心扑通扑通地跳着。这看起来太危险了！但是雄鬃肯定不会伤害托米，因为托米是它的好朋友啊！

现在托米开始唱歌了，雄鬃随着节奏在托米的头顶上跳来跳去。"天啊！"观众们发出惊呼。

紧接着，音乐停了下来，雄鬃好像突然生病了似的，蜷缩着身子，眼神虚弱无力。

"它牙疼了。"托米解释道。他命令狮子张开大嘴，拿着手电筒检查它的口腔，托米的整个脑袋都快消失在雄鬃的嘴里了，在场的所有观众都为他捏了把冷汗。这时托米手里拿着一把大钳子，想尽办法要拔出狮子的坏牙，乐队也跟着奏出响亮的鼓点。不一会儿托米就亮出狮子的牙齿，摆出胜利的姿势。只是，牙齿看起来怎么像是用塑料做的呢？原来这都是表演啊！

阿历克斯激动地鼓着掌，直到把手都拍疼了。爸爸说："你的新朋友真不错，我在他这么大的时候只养过小兔子！"

托米退场后是一段休息时间。阿历克斯的妈妈心情大好，给他们三个人每人买了一个棉花糖。可惜阿历克斯没能说服妈妈在玩具柜台前给他买点儿什么，比如一支漂亮的荧光棒。

休息时间结束后，一只叫作米米的母象和她的驯兽员扬·海因里希一起出现在场地上。但是他们这次的表演失败了。一个坐在前排的观众忽然心血来潮，将荧光棒直接扔到了米米面前，米米吓得向后退了一步，扇着耳朵，发出恐惧的叫声。驯兽员也从米米的背上跌到地上，弄得满嘴锯末，只能发出"噗噗"的声音。也许这声音意味着"米米，快安静下来"，可米米却压根儿听不懂。它生气地肆意踩踏起来。观众们见状，吓得四散逃去。阿历克斯和爸爸妈妈也吓得猫下了腰，还好米米没有朝他们这边来。

被米米的大脚踩过的第一排的椅子和凳子已经全部坏掉了，一段段的木头飞得到处都是。"别害怕！女士们先生们，请保持镇静！"马戏团团长大声呼喊着。可是哪还有人听她喊话。三个动物饲养员模样的人正试着用绳索套住米米，但这压根儿不管用，米米看起来比之前更生气了。

妈妈抓着阿历克斯的手想赶紧逃开。这时托米忽然出现在他们面前，这次他没有和雄鬃在一起。"这么快就要走吗？"托米有点儿失望地问道，"再待一会儿吧！我会想出办法的！"

托米捏着自己的鼻子，也许这样有助于思考。忽然他眼睛闪闪发光地说："把你们的棉花糖全都给我！"一眨眼的工夫，托米就把周围所有人的棉花糖都收集起来了。手里捧着很多棉花糖的托米看起来就像一朵胖胖的粉色云彩。带着这些棉花糖，托米向发疯的米米跑去。

阿历克斯屏住了呼吸。现在托米就站在米米的大脚前面。刚开始的时候好像没什么用，后来米米似乎闻到了什么，然后又闻了一下，它现在看起来已经没有那么可怕了。米米小心翼翼地伸出鼻子，托米赶忙把一支棉花糖递了过去。棉花糖被米米卷进嘴里吃光了，连棉花糖上的棍棍也一起吃了。之后它呼哧呼哧地喘着气，好像对棉花糖很满意。托米说："如果你现在听话的话，你还可以吃一个。"于是有点儿贪心的米米又呼哧呼哧地吃了起来。就这样，米米乖乖地跟着托米回到了马戏表演场地中，观众们的心终于放了下来，兴高采烈地为他们鼓掌欢呼。这期间米米的驯兽师也恢复得差不多了，她带着米米回到了它的棚子里。

"尊敬的女士们先生们，你们马上就会重新得到棉花糖，而且全部免费！"团长宣布，"演出继续开始！"马戏团的工作人员已经将损坏的凳子清理出了场地，观众们自觉地挤了挤，这样每人就都有坐的地方了。

阿历克斯在心里琢磨着：托米总是敢说敢做，他就是这个世界上最勇敢的男孩儿！反正我就这么认定了！

故事 3:
阿历克斯和家人得到了
一个绝妙的机会

　　演出结束后，阿历克斯把爸爸妈妈生拉硬拽到托米的房车旁，想把托米介绍给他们认识。但托米并没有在他的车里，最后他们在马戏团的帐篷后面找到了他。当时他正忙着组装一个被踩坏的木头椅子，这个椅子被米米踩成了七块。但要修好它可不是那么容易的。望着七零八落的残骸，马戏团团长和大伙儿的脸上都写满了忧愁。"唉，真是伤脑筋！"团长不住地叹气，"谁能帮我们修修就好了。"

　　阿历克斯的爸爸清了清嗓子："那么，让我来试试吧。"

　　大家一脸错愕地看着他——阿历克斯、阿历克斯的妈妈、托米，当然还有整个马戏团的人。

"是呀，"阿历克斯骄傲地说道，"我爸爸很擅长修理东西！"

听到这话，团长的脸上马上露出了笑容。她向阿历克斯的爸爸进行了自我介绍，并友好地和他握了手，说："能得到您的帮助真是太好了。"阿历克斯的爸爸脱下外套，马上动手修起来。他把椅子的几个部分用胶粘好，这样过一个晚上它就干透了。妈妈也过来搭手帮忙。

就在阿历克斯考虑自己要不要去帮忙的时候，托米朝他喊道："快来，我带你参观我的房车！"于是阿历克斯就跟着托米一起跑开了。狮子紧跟在他们后面，灵活地一弓身子也进到了车里。

房车的里面可比外面花哨多了，到处都有狮子形状的小印章留下的痕迹——桌子上、墙上，处处可见，甚至连窗户上也有。"演出一次就印上一个。"托米边说边把印章在印盒里蘸了蘸，然后准确地把它印在沙发上面的墙上。"我真不知道墙上都印满了之后该怎么办呢，说不定我会直接印在天花板上。"托米说。

阿历克斯好奇地东张西望。这房车布置得可真舒适啊，车里有一张木雕床，一张皱巴巴的大沙发，一个小小的厨房，一个比厨房还小的浴室，还有一个游戏角，放有靠垫和一个摆满杂物的架子。这个小空间有一股油煎香肠的味道，还混杂着一点点狮子的气息。

把室内布置成这个样子，当然是考虑到车里还要住个大家伙。狮子现在已找了个舒服的姿势躺在沙发上，但它实在是太大了，沙发也不能完全容纳它，所以它把尾巴和前爪垂在了沙发外面。阿历克斯鼓足勇气，小心翼翼地抚摸着雄鬃。它的皮毛是多么柔软啊！它的鬃毛怎么那么浓密啊！雄鬃看着阿历克斯，金棕色的眼睛里充满友善。

　　"你觉得它喜欢我吗？"阿历克斯有些不好意思地问道。

　　"是啊！它说你闻起来味道还不错，如果你能帮它挠挠左耳后面就更好了，那里偶尔会发痒。"托米回答。

　　阿历克斯在雄鬃毛茸茸的大耳朵后面轻轻挠着，说："你到底是怎么跟它说话的呢？"

　　托米皱了皱眉头，摸着鼻子说："这个我也说不明白。我们还在非洲的时候，它就总是来我们的大帐篷。反正我只要看到它，就跟它说'你好'，它也会马上回应一句'你好'。就是这么简单。"

　　"那雄鬃现在说什么？"阿历克斯很想知道。

　　"它说它想看电视了。"托米说完便打开了沙发前面那个小小的电视机。电视上的节目是关于斑马的，雄鬃兴致勃勃地用爪子撑着脑袋，看得津津有味。

阿历克斯好奇地四处张望，开口问道：“你的爸爸妈妈在什么地方呢？”

　　“他们还在非洲呢，”托米说，“他们正在找举世闻名的蓝宝石。你知道的，爸爸妈妈总是这样，要是他们脑子里有了一个想法，就别的什么事情都顾不上了。他们跟我说：‘小托米，带着你的狮子乘船去德国找你的尤妮拉婶婶吧。只要有可能，我们就马上过去！’”

　　托米取出一个雕花小木盒子，阿历克斯激动地探过身子，想看看里面到底有什么。托米严肃地打开盒盖。“可是……这里面是空的啊！”阿历克斯说。

　　“不是的！”托米反驳道，“你再仔细看看！里面有好多好多爸爸妈妈给我的吻。我每天至少会取出一个，有时候甚至是两个、三个，但现在里面还剩下很多很多。”

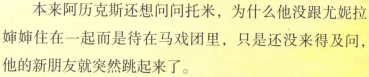

本来阿历克斯还想问问托米，为什么他没跟尤妮拉婶婶住在一起而是待在马戏团里，只是还没来得及问，他的新朋友就突然跳起来了。

"我都快要饿晕了！一想到肚子空了，就感觉浑身没劲儿。"

幸好托米还没有饿到不能做饭的地步。他飞快地从小厨房里取出平底锅和一大盒小香肠。还没等阿历克斯反应过来，整个屋子就变得香气弥漫了，阿历克斯馋得口水都要流下来了。接着他们就开始大吃起来。阿历克斯蘸着番茄酱吃掉了六根小香肠，托米吃掉了十四根，雄鬃吃掉了二十根。

　　阿历克斯觉得肚子都要撑爆了。"爸爸妈妈一定会
纳闷，为什么我连晚饭都不想吃。"阿历克斯摸着肚皮，
心满意足地说。

"那我们也给他们做点儿吃的吧，他们肯定也饿了！"托米提议。五分钟之后，他们端着满满两大盘香肠去找阿历克斯的爸爸和妈妈。

　　在大伙儿的帮助下，阿历克斯的爸爸妈妈已经修好了很多东西。看到香肠，他们非常高兴。"来得正是时候！"阿历克斯的爸爸说。阿历克斯的妈妈道谢之后，立刻吃起香肠来。

　　巴特利夫人也拿了一根香肠。阿历克斯觉得有点儿异样，为什么她看起来像是有话要说的样子。

　　果然，巴特利夫人用手指捻着自己的卷发，向他们问道："不知道你们三位有没有兴趣，在暑假的时候随我们马戏团一起出行？我们非常需要你们这样的成员。"

　　阿历克斯的第一反应是惊喜得说不出话来。随后他央求爸爸妈妈："噢，爸爸妈妈，拜托了！我们答应他们吧！好吗？"

　　爸爸深深地吸了一口气，点点头说："反正我很有兴趣。只要带上笔记本电脑，我在哪里都可以工作。"

　　这样的话，就只剩下妈妈啦！她看起来还有点儿犹豫。不过她想了想也就同意了："好吧，正好我也可以休息几周。"阿历克斯知道，这事儿成了！

　　"你们能一起来！这简直爽翻了！"托米开心地呼喊着，纵情地跳跃起来。阿历克斯和托米高兴地把拳头顶在一起。

"但是在你来马戏团之前，我要先跟你一起去上学。"托米说。

"你说什么？"阿历克斯瞪大了眼睛。

托米咯咯笑道："是啊，无论马戏团走到哪里，我们都要去当地的学校上学，尽管有时候只有短短几天。"

"那，我们就明天见啦！"阿历克斯向托米挥手告别。

托米上学之后会发生哪些有意思的事情呢？

故事 4:
托米上学了，
并赌赢了一箱巧克力

100-60＝30＋?

第二天早上，阿历克斯起得特别早，然后来到学校门口等托米，可是等来等去都没见到托米的影子。阿历克斯沮丧地坐在教室里。没有托米，今天将是多么无聊的一天啊，这是肯定的。还有他的老师——海德女士，有时候是很严厉的。她总是透过她的眼镜盯着阿历克斯，好像他做错了什么似的，尽管阿历克斯什么都没有做。

"早上好啊，孩子们！"海德女士跟大家打招呼。孩子们乖乖地齐声说："早上好，海德女士！"就在海德女士准备开始讲课的时候，教室的门突然被打开了，托米站在门槛上。他的金发仍然乱糟糟的，绿色的眼睛里闪烁着富有活力的光芒。

"哎？你就是新生托米吧！"海德女士眉头微皱，"你不知道上课不能迟到吗？"

"是啊，我知道不该迟到！"托米肯定地说，"但是您知道吗，如果上学之前要给一头狮子刷毛，给三只山羊、两匹马驹和一头大象清理圈栏，这得花多长时间吗？您知道大象的粪便有多大一堆吗？……"阿历克斯和 B2 班里的所有孩子都饶有兴致地听着。而海德女士则令人气恼地阻止了这一切，在托米讲到最引人入胜的时候打断了他，"好啦好啦，到此为止吧，你就是那个马戏团的男孩儿啊。请坐吧！"

"多谢。"托米说着，还鞠了一躬，然后坐到了班里唯一的一个空座位上。旁边靠着劳拉·施罗德。

课间的时候，B2 班的所有孩子都围到了托米身边。四年级那三个讨厌鬼今天也没敢捣蛋，他们悄没声儿地溜到操场边上去了。

"你真的是从马戏团来的吗？能给我们表演个杂技吗？"蒂娜问道。接着，班里所有的孩子都跟着起哄："杂技！杂技！杂技！"

"好呀，没问题。"托米很高兴，他接着说道，"为了表演杂技，我需要一根香蕉，一个苹果，最好再有一些草莓。"

孩子们立刻行动起来，把自己的书

包翻了个底朝天。无数只小手齐刷刷地伸到托米眼前。幸好阿历克斯的餐盒里还有几个草莓。托米拿了几样东西，然后剥开一根香蕉吃了起来，苹果也啃得只剩果核，最后把一只草莓塞进了嘴里。

"好啦，我已经做好准备了，"托米满足地打着饱嗝说，"演出的时候饿着肚子可不行呀。"

就在这时，上课铃响了，孩子们纷纷回到教室。"不会吧，这么快就上课了。"阿历克斯失望地抱怨着。

"那又怎样？"托米说，"看我的！"说着托米跳上了他的课桌，在上面做了个倒立的动作，是一只手的倒立哦！他还晃着脚跟大家打招呼呢。

孩子们都为托米欢呼叫好。

海德女士手里拿着一杯咖啡回到教室的时候，正好赶上托米最后一次晃着双脚，并从桌子上往下跳。这时再看海德女士，她就像掉进了咖啡喷泉一样，身上溅满了咖啡。阿历克斯有些纳闷，她至于这么激动吗？不过他倒是觉得海德女士这条溅了咖啡的裙子比之前漂亮多了。

雄鬃一定也这么认为。它正从窗外探头探脑地往教室里看，寻找着它的好朋友。海德女士正巧往窗外瞥了一眼，马上吓得魂飞魄散，大声尖叫着跑掉了，她没有听到托米的话，"这是我的狮子雄鬃，它很乖，不会伤害大家。"

孩子们争相朝窗边挤去，因为大家都想看狮子，只有蒂娜一个人跑去找海德女士。她回来的时候告诉大家，海德女士把自己锁在洗手间里，好像短时间之内没有从里面出来的意思。

　　"待在洗手间里她会感觉好一些吗？"一个男孩儿问。

　　"肯定的，"阿历克斯说，"那是不是意味着我们可以回家啦？"

　　"八成是吧。"托米耸了耸肩。

　　事情就是这样。当校长听说事情的经过后，就让孩子们放学回家了，所有孩子都开开心心地离开了学校，有两个胆大的小朋友甚至还去摸了摸雄鬃。

　　蒂娜走到托米和阿历克斯身边，兴奋地说："托米，你知道吗？听说马克斯威尔先生今天会去马戏团看演出，他可是城里最有钱的人！如果他喜欢你的节目，说不定会给你一个金币，或者别的什么呢！"

　　"既然这样，雄鬃，那我们快点儿回去吧！"托米朝着路边窸窸作响的矮树丛方向喊道。

　　今天阿历克斯当然可以和爸爸一起去看表演。入口处的女孩儿已经认识阿历克斯一家了，他们不再需要入场券，并且被直接带到了预留的座位上。阿历克斯兴奋地四下观望，想看看那位马克斯威尔先生坐在哪里。啊哈，他坐在第一排呢，穿着深灰色的西装，系着黄灰相间的条纹领带。他的太太也在旁边，穿着黄色的皮草外套，大概是为了搭配先生的黄色领带吧。

虽然阿历克斯已经知道马戏团的节目内容，但他还是看得津津有味。不过马克斯威尔先生好像不太满意，因为他总是不住地打着哈欠，从小丑表演的时候就开始这个样子了。看到小马表演的时候甚至打了两个，看到狗狗拼字的时候竟然打了三个！团长巴特利夫人开始有些担心了。

"停！"场上突然响起响亮的叫停声。

音乐戛然而止。拼字的小狗茫然无措地站在原地，还没来得及指认字母"B"。

阿历克斯看到一个小小的金色的身影横穿整个马戏团大帐，步子沉着又坚定。他径直走到马克斯威尔先生的面前，用所有观众都能听到的声音说："我们想跟您打个赌，马克斯威尔先生，如果我和我的狮子雄鬃能止住您的哈欠，就算我们赢，怎么样？"

"好啊，"马克斯威尔答道，"我们赌什么？"

"就赌一大箱巧克力！"托米回答。

"成交。"马克斯威尔抱着胳膊，向前伸了伸下巴，示意托米，"那就马上开始吧！"

拼字的小狗和驯兽师退场后，托米轻轻地摸着鼻子，并若有所思地打量着演出场地。然后他给了团长巴特利夫人一个暗示，瞬间整个帐篷变得一片漆黑，黑得伸手不见五指。紧接着场上投出两束光线，一束投向马克斯威尔先生，另一束投向场地上的托米，他正跪在台子上，好像在锯末中寻找着什么，"哎呀，我一定是把哨子落在哪儿了！"托米喃喃自语道。

这时，场上亮起了第三束光线！观众们面前出现了一头大狮子，它半蜷着身子，龇牙咧嘴又悄无声息地从托米的身后慢慢接近他。可托米根本不知身后发生了什么。一时间，在场的所有观众都仿佛停止了呼吸。忽然一个女孩儿大喊起来："小心身后！"

"你说什么？"托米直起身子，把手搭在耳旁，似乎没有听懂女孩儿的话。

巨大的狮子离托米越来越近了。"小心啊！你身后有头狮子！"孩子们尖叫起来，乱作一团，托米却迟迟没有转过身来。

接着，一切都晚啦！只见狮子一个助跑，带着胜利者的吼声向托米扑去。啊！就连阿历克斯也感到一丝害怕。

可托米从狮子的身子底下又重新回到了观众的视线里，他开始跟狮子"搏斗"了。这两个家伙抱在一起，在场地上滚来滚去，一副要拼个你死我活的架势。但托米看起来更胜一筹。此刻他坐在了狮子的肚子上，狮子一下子发出了奇怪的声音，它气喘吁吁地低声咕噜着，前爪做出求饶的动作。这下阿历克斯明白了，刚才托米一定是挠了雄鬃的痒痒。狮子不愧是托米的好朋友！

　　观众们大笑起来，并为他们鼓掌叫好。托米也高兴地跳起来，向大家鞠躬致谢。他跳上雄鬃的后背，狮子带着他绕着场地奔跑，最后在马克斯威尔先生的面前停了下来。

　　"他刚才打哈欠了吗？"托米问马克斯威尔先生周围的观众。

"没有！""一个都没打！""他没打过哈欠！"观众的喊声在场地里回荡。

"我可以从您那里得到满满一箱巧克力了！"托米友善地对马克斯威尔说道，脸上挂着调皮的笑容。

马克斯威尔先生挑着眉毛，点了点头，之后掏出手机说了些什么。

就为这事，托米第二天上学的时候好像比第一天到得更晚了一点儿，因为他背来了又大又沉的一箱巧克力。

"班里还有人爱吃巧克力吗？"托米问 B2 班所有的孩子。"我！我爱吃！"每个孩子都这样喊着。托米干脆打开了整个箱子。教室里一下子充满了巧克力的香气。海德女士一边叹气一边严肃地盯着大伙儿。不过只是一会儿，她也闭上眼睛，闻着巧克力的香味。"好吧，托米，你给大家分巧克力吃吧。"海德女士说。

"你能帮我一下吗？"托米问阿历克斯，然后他们就开始分巧克力了。阿历克斯从没见过这么多种巧克力：有带果仁或不带果仁的全脂牛奶巧克力，有黑巧克力和白巧克力，还有酸奶夹心巧克力、果酱夹心巧克力、焦糖夹心巧克力，还有巧克力饼干或者巧克力松饼。班里的每个孩子可以挑选三块，这样还能剩下足够的巧克力，学校里的其他孩子也可以吃到了。

托米只给自己拿了一块牛轧糖巧克力。阿历克斯选了一块全脂牛奶带果仁的巧克力，一块果酱夹心巧克力和一块巧克力饼干。

现在只剩海德女士什么也没有拿。

"您就不想来一块吗？"托米有些失望地问道。海德女士笑着说："当然想，我也很喜欢，谢谢你！"她拿了一块小小的带可可粒的黑巧克力，这时她看起来也不那么严厉了。

在继续上课之前，孩子们可以先品尝一块自己的巧克力。阿历克斯知道，从这天起，他们和托米之间还将会发生很多有趣的故事。

故事 5：
托米救了有名的杂技演员，
并证明了大象粪便的妙用

　　假期终于来了！今天是假期第一天，阿历克斯要跟爸爸妈妈搬去马戏团住了。当爸爸锁上家门，一家三口动身赶往马戏团的时候，阿历克斯竟然激动得心跳不已。这有点儿像是要去度假的感觉，但又和度假不一样，因为这更刺激！

　　"你们来啦！"托米高兴地蹦着，不小心扯到了雄鬃的毛发。狮子低沉地吼了一声，就趴到托米的房车下面睡回笼觉去了。

　　马戏团里的人跟阿历克斯一家简单地打了个招呼后，就各忙各的去了，他们有很多事情要做。在马戏团的大帐篷里，五位杂技演员正在进行排练，一些工作人员搬运着场地里的小台子，米米的驯兽师正用灌溉花园的橡皮管子给米米冲澡。这里到处都是锯末和动物的味道。

当阿历克斯的爸爸妈妈打开行李，布置他们红黄相间的房车时，阿历克斯又认识了一些马戏团里的新朋友。托米介绍阿历克斯认识了长着一头红发且浓妆艳抹的魔术师奥罗拉·冯·格朗茨贝格，她身上的香水味儿从很远的地方就闻到了。他还认识了宽肩膀的大胡子动物饲养员鲍里斯、小丑演员本诺·贝格曼和他的妻子——驯兽师卡迪·贝格曼，还有他俩的双胞胎宝贝皮特与露娜。他们是马戏团里除托米之外仅有的孩子了。他们看起来比托米和阿历克斯都要大一些。

"真是太好了，阿历克斯，你能和我们一起出发！"露娜正在练习，说话的时候也没停下，她手上有五个圆球啊！皮特有些腼腆地笑着，在他的独轮车上表演了几个小绝活儿。会拼字的小狗米勒在一旁认真地盯着，看上去好像正思索非常非常重要的事情。

"米勒先生是世界上最聪明的小狗，"露娜骄傲地说，"它什么都会。"

"连买面包都会，"皮特补充道，"只要我们给它钱和订货单，它总能准确地找到面包店。它的鼻子最灵了。"

"真能干！"阿历克斯佩服地说道。这时他忽然看到一位很瘦的先生出现在马戏团的门口，他头发乌黑，围着围巾，还戴着一顶帽子。他是谁呢，也是马戏团的人吗？阿历克斯纳闷了。不，不可能是马戏团的人，因为他还随身带了两个大皮箱子。

"这就是菲尔那丽马戏团，没错吧？"这位先生问道，声音听起来不太高兴，"这马戏团就这么一丁点儿？"

"您眯起眼睛再看看。"托米建议。这位先生有点儿吃惊，但还是照做了。"然后呢？"他闷闷不乐地问。

"马戏团现在看起来有没有大一些？"托米试探地问道。

"没有。"

"那就对了，它本来就只有这么大。"托米说完，皮特、露娜和阿历克斯哈哈地笑了，而这位陌生男子看起来有点儿生气。"我就是大个子里纳多，"他说，"我是受邀来表演节目的。有件事我必须说明，那就是要把我印在马戏团的宣传单上，而且越快越好！我是世界上唯一能空翻五周的人！"

阿历克斯吃了一惊。马戏团宣传单上明明印着托米和雄鬃！难道要印上两个人和一只狮子吗？这可能行不通。

但是托米·洛文弗洛德并没有反对的意思。他一下子来了精神，说："那可太好了，也许您能教我一些新的绝活儿呢！"

大个子里纳多从上到下，又从下到上地打量着托米，"我为什么要教给你呢？"他边说边提着箱子骄傲地朝巴特利夫人的房车走去，她的车子上有金色的大字："团长办公室"。

他走后，托米跟阿历克斯、皮特还有露娜交头接耳地议论了一会儿，阿历克斯点着头，露出不怀好意的笑容。

托米开始走来走去地溜达起来。现在，阿历克斯的眼睛紧盯着巴特利夫人的房车。当大个子里纳多从里面走出来的时候，阿历克斯立即用力拍起手来。大个子里纳多得意地笑着，他肯定以为是哪个崇拜者在为他鼓掌呢。但他没想到这掌声却是个暗号。这时露娜、皮特和托米按照之前商量好的计划大声喊道："救命啊！救命啊！狮子跑出来了！大家快跑啊！"

大个子里纳多一下子吓傻了，他扔下箱子撒腿就跑。他跑得真快，不一会儿围巾就跑掉了，接下来帽子也从脑袋上飞走了。他只顾着逃命，根本没注意狮子到底在哪里——雄鬃还在托米的房车下面打盹儿呢。雄鬃只不过睁眼看了一下，就又昏睡过去了。

马戏团里的伙计们都惊讶地看着大个子里纳多，接着哄堂大笑。托米和阿历克斯笑得肚子都疼了。直到大个子里纳多爬到一个房车顶上，四下张望一圈之后才恍然发现，除他之外别人根本就没有逃跑。他脸涨得跟番茄一样红，赶快从车顶跳到了地面，提着箱子，灰溜溜地朝自己的房车走去。

"您不必害怕，"托米友好地朝大个子里纳多喊道，"我的狮子正在对面的车子下面睡觉，它只是逗你玩玩而已！"

大个子里纳多好像没有听到托米的话。

今天晚上是马戏团在贡德尔豪森的最后一场演出了，大个子里纳多要展示他的拿手绝活儿。这次阿历克斯没有坐在观众席上，而是站在通往舞台的大幕后面。他的任务是在演员出场的时候迅速为他们拉开大幕。这是一项简单又有趣的工作。演员上场之后，阿历克斯就会透过看台的缝隙来观看表演，这样他就不会错过精彩的演出了。当大个子里纳多表演他的空翻五周时，阿历克斯不禁瞠目结舌。这表演简直太绝了！

"托米，你说巴特利夫人真的会重新印刷马戏团的宣传单吗？"阿历克斯问道，托米只是耸了耸肩膀。

演出结束之后，大家马上开始拆除大帐篷，阿历克斯的爸爸也过来帮忙。只用了几个小时的时间，所有东西都被打包装好，马戏团里的所有车子、动物、装备和人员都各就各位，向下一个演出地点进发。

在房车里的第一个夜晚，阿历克斯觉得难以入眠，一切都是那么新奇刺激！他仰面躺在床上，盯着房车深蓝色的、画着灿烂星空的顶棚。不知谁曾用红色的橡皮箭头射中了顶棚上的星星，箭头现在还粘在上面呢。

不知不觉地，阿历克斯睡着了。他睡着时还在贡德

尔豪森，醒来的时候就已经到了一个完全陌生的地方。

大帐篷刚搭好，马戏团的演员们就纷纷开始训练了。

托米和阿历克斯也忙活起来，他们正跟大象驯养员扬·海因里希一起为米米收拾大象圈。现在阿历克斯终于知道大象的粪便是什么样的了——虽然看起来像马粪球，但是可比那大得多！

"走呀，我们去看看大个子里纳多在干什么，"收拾完大象的粪便，托米建议道，"反正我们去粪堆扔大粪的时候也会经过大帐篷。"

于是他们把小推车停在表演场地旁边，小推车上的粪便堆得像小山一样高。他们朝高处看去，那里有高高的秋千和吊架。

大个子里纳多正在空中优雅地翻腾。不巧的是，鲍里斯刚好在场内撒新鲜的锯末，锯末扬起的灰尘让他的鼻子一阵发痒。"啊……啊……啊嚏！"鲍里斯的喷嚏回响在整个大帐篷里。

大个子里纳多吓得差点儿从杆子上震落下来，他本想紧紧地抓住它，但现在只剩指尖勾在杆子上，在这种情况下，再好的杂技演员也撑不了多久。

阿历克斯和鲍里斯惊呆了。"啊不！！"阿历克斯尖叫起来。眼看着大个子里纳多就要掉下来了！把头伸进帐篷里的大象米米发出了恐惧的叫声。托米没有往上面看，而是把目光转向了米米，摸着鼻子很快地想了一下。忽然，他冲向场地旁边那个装满大象粪便的小推车，然后使出浑身力气推着它往前走。他往上空瞄了一眼后，便把整车的粪便倒在了场地的某个位置。真是丝毫不差——正好这时候大个子里纳多从空中摔落下来。这次看起来就没有之前那么优雅了。他屁股着地，狠狠地摔在了粪便上。

"啊！！！"阿历克斯喊着，吓得脸色大变。

大个子里纳多摔下来后一时没有起来。过了一会儿他才慢慢活动起来，并伸出一只手臂来。"他还活着！"鲍里斯喊着，向粪堆冲过去，把大个子里纳多从大粪堆里拉起来，并给他拍打着。里纳多好像有点儿晕，但并没有受伤。

"还挺软的吧？"托米满意地问道。

"呃……是的。"大个子里纳多回答，然后重新审视了一遍托米，从上到下，又从下到上。

现在大个子里纳多脸上稍微有点儿笑意了，他问托米："你想从我这儿学点儿什么？"

"怎么说呢，最好是全部，多多益善吧。"托米调皮地笑道。阿历克斯知道，菲尔那丽马戏团的宣传单用不着重新印刷了。

故事 6：
狮子雄鬃想家了，
托米让它振作起来

　　早餐时间到了，阿历克斯从房车的小厨房里拿出蓝白相间的漂亮餐具，整齐地摆在桌子上。时间正好，阿历克斯的妈妈也拿到了小狗米勒先生送来的满满一袋子新鲜面包。"谢啦！"阿历克斯的妈妈对米勒说。

　　米勒摇了几下尾巴，又叼着第二袋面包向皮特、露娜和他们的爸爸妈妈的房车跑去了。阿历克斯知道，大多数时候托米都是在他们那里吃早餐的。所以他狼吞虎咽地吃掉了自己的蜂蜜小面包后，就请求离开。在得到爸爸妈妈允许后，他赶紧跑向隔壁的房车去找托米。

他敲了敲门，露娜应声打开门说："你要是找托米的话，我也不知道他在哪里，他今天没来这儿。"

"那我只好去托米的房车看看啦。"阿历克斯自言自语。走到托米的房车前，阿历克斯发现他的窗帘还没有拉开。可能还没睡醒吧？毕竟现在是假期，况且演出也是安排在晚上。

他爬到了车子的高处，想透过窗帘看看里面。啊哈，屋子里有灯光，托米肯定已经醒啦。

阿历克斯小心翼翼地打开房门，把脑袋探了进去。这到底是怎么啦？大块头雄鬃正趴在沙发上，看样子又难过又悲伤。托米坐在它旁边，一只手握着它的爪子，另一只手在它的左耳后面轻轻抚摩着。

阿历克斯焦急地问道："雄鬃生病了吗？"

"没有，"托米深深地叹了口气说，"它只是想念非洲了，想家的时候它就会变成这个样子。前几天我真不该让它看那些斑马的节目呀！"

阿历克斯小心地接近雄鬃，抚摸着它。这个大家伙一点儿都不像之前那么威猛了。是啊，它看起来真的很难过！

"可是我们怎么做才能让它好点儿呢？"阿历克斯没主意了。托米把阿历克斯叫到身边，跟他耳语道："分散它的注意力，这是最好的办法，你就等着看吧，下面会发生什么。"说完，托米就大声宣布："听着，雄鬃，再这样下去你会变得又老又丑，牙齿掉光，最终变成一块大地毯。"

听了这话，雄鬃金棕色的眼睛像火中的煤球一样冒着光，它像被侮辱了似的大吼一声从沙发上跳了下来。为小心起见，阿历克斯赶紧躲到了冰箱边上。托米不时笑着，躲闪着发怒的狮子，然后身手敏捷地翻出窗外。阿历克斯听见托米爬上车顶的声音。雄鬃很想追过去，可它要想穿过窗户，那就像小香肠要穿过针鼻一样难。它毛茸茸的脑袋已经探出了窗外，可整个身子还卡在车子里面。它呼噜呼噜地低吼着，费劲儿地把头缩回车子，然后破门而出，一个箭步跳上了车顶。哇啊！好戏就要上演了！阿历克斯从车里跑了出去，他可什么都不想错过。

房车之间的间隔很小，托米可以从一个车顶跳到另一个车顶。雄鬃在托米身后穷追不舍。虽然它的动作很快，但托米的动作比它还要快！

如果不是电视天线绊倒了托米，这一切可能还会继续下去。被绊倒的托米在车顶滚了一段距离后滑到了车顶的边缘。阿历克斯吓得大气都不敢出，好在最后关头托米用手死死抓住了车沿儿。"快起来啊！"托米喊着，

想要再次回到车顶上。

可这个主意实在不怎么样，眼看着雄鬃就要追上托米了。它的爪子正向托米挥舞过去。最终托米松了手，落到地面打了个滚儿，起身之后继续撒腿儿跑开。"嗨哟哟，嗨哟哟！你休想抓住我！"托米调皮地哼着歌，朝雄鬃吐了吐舌头。

雄鬃身上的毛都竖起来了，它跳着追向托米。"看我能不能抓到你！"雄鬃大概是这样想的。

托米继续一路飞奔，迎面遇上会拼字的小狗米勒先生，它正叼着已经空了的面包袋子。"闪开！快闪开！"托米大喊。但是米勒先生显然并不明白托米为什么要让

　　它闪开，因为它根本就没有挡在路上。

　　托米越过米勒先生，雄鬃也像托米一样跳了一大步，没想到却被一条晾衣绳绊住了。晾衣绳是女魔术师奥罗拉用来晾晒衣服的。"啪"的一声，绳子断了。一时间，绳上的衣服把雄鬃紧紧缠住，看上去就像一只五颜六色的大彩球滚在地上。阿历克斯笑得腰都直不起来了。

　　这个"大彩球"叫起来嗓门可真大，震得阿历克斯的耳朵嗡嗡直响。一阵哧哧啦啦的撕扯声后，雄鬃终于露出了身子。就在它从衣服和晾衣绳中挣扎着脱身的时候，魔术师奥罗拉和她的助手——小矮人古贝特从房车里走了出来。看到眼前这一切，奥罗拉的眼睛瞪得和茶杯垫一样大。

"你这头可恶的狮子！"奥罗拉大骂着，抓起一瓶香水就朝雄鬃扔了过去。虽然香水瓶子没有击中雄鬃，但是瓶盖飞走了，香水洒在了雄鬃的尾巴上。

"现在雄鬃是世界上最香的狮子啦！"阿历克斯朝皮特和露娜喊着，兄妹俩正好奇地从他们房车那边向这里张望。

"至少最近几天它闻起来不会像头狮子了。"露娜捏着鼻子应和着。

这期间托米还在一直奔跑，他已经甩下雄鬃好大一截了。现在他正穿插在三只山羊之间迂回前行——就是在台上化装成海盗的那三只羊。山羊们惊讶得草也不吃了，一齐咩咩叫着。托米跟它们打了招呼之后又接着跑，这次他跑进大帐篷里去了。雄鬃紧跟在后面呼啸而来。

"哎呀，不好了！巴特利夫人正在大帐篷里驯马呢！"皮特一边想着，一边和露娜、米勒跑向大帐篷，去看看到底会发生什么。赶到的时候他们正好看到托米和雄鬃从帐篷的另一个出口蹿了出去。只见雄鬃的后背上多了个羽冠，这好像是巴特利夫人白马身上的东西。

"托米！雄鬃！"帐篷里回荡着巴特利夫人雷霆般的吼声。周围所有的动物、演员和工作人员都被震得缩起了脖子。

唯独托米和雄鬃没有，因为他们早就跑得无影无踪了，根本听不到巴特利夫人的喊声。

阿历克斯沿着托米和雄鬃留下的痕迹一路找去，从马戏团一直跟到了外面的草场上。他在一棵被伐倒的大树周围找了半天，又在荆棘丛中转了三圈，还沿着小溪来回跑了几趟，然后又掉回头去找。最后终于在一棵栗子树的树枝上看到了他的朋友托米。雄鬃一副胜利者的架势，懒洋洋地蹲坐在栗子树下，这下托米再也不能逃脱了。托米愉快地跟阿历克斯挥了挥手，然后朝树下的雄鬃喊道："你还生气吗？"

狮子喘着气，抖动着它的鬃毛。阿历克斯感到一阵香气扑鼻而来。

"不生气啦？太好了。"托米说着就从树上向下爬。雄鬃正等着这一刻呢。它猛地扑向托米，两个家伙紧抱着滚到草地上。"停下！快停下！"托米咯咯笑道，"我都分不清东南西北啦！"

雄鬃放开了托米，阿历克斯和托米疲惫而满足地坐在栗子树下，雄鬃把大爪子搭在托米身上。

托米问他的狮子："你看，现在是不是没有那么想家啦？"然后做倾听状，向阿历克斯翻译道："雄鬃说，待在这里也很好，不比非洲差。"

阿历克斯也是这么想的。

巴特利夫人宣布：为了惩罚托米的行为，一周不允许他吃饭后甜点。幸亏阿历克斯还有两块巧克力，他分了一半给托米。真是怪事，当和别人分享的时候，巧克力的味道竟然更好了！

故事 7：
托米滚动"水球炸弹"，
并明白了足球赛的规则

　　大个子里纳多果真没有食言，他教了托米几个绝活儿，比如怎么样飞快地攀上大帐篷的顶端。托米当然马上就学着做了，正好旁边没有别的大人在场。

　　"从这儿还能出去呢，"托米朝低处的阿历克斯喊道，"这大概是通风口之类的吧……"托米的声音越来越远，只听见什么东西顺着帐篷滑下来的声音。

　　阿历克斯跑到外面，不禁笑出声来。托米屁股着地顺着帐篷顶端溜了下来，他把帐篷当成滑雪场啦。还好，巴特利夫人没有看到这一幕，不然托米的饭后甜点不知要等到什么时候了。

阿历克斯可没有胆量爬到那么高的地方，但他敢打开水龙头，给气球灌满水。托米拿着这个"水球炸弹"爬回到帐篷顶上，让它顺着帐篷的外侧滚下去。倒霉的鲍里斯这时刚好经过大帐篷，装满水的绿色"炸弹"结结实实地砸在他肩膀上。他吓得一下跳起来，哧啦一声，裤子裂了一个大口子，正好在屁股的位置。"啊！"他惊讶地看着自己瞬间湿透的衣服，满脸疑惑地往天上和大帐篷顶上望了望。托米当然早就找地方藏起来了。鲍里斯不解地摇摇头，嘟囔着："今天的雨点儿可真够大的。"然后有些狼狈地走回房车里补裤子去了。至于草地上残留的那个小小的绿色气球，鲍里斯根本没有看到。

托米再次从通风口探出脑袋，跟阿历克斯打个招呼后，又把一蓝一黄两个"水球炸弹"扔了出去。其中一只滚到了地上，另一只砸在了海盗山羊身上。山羊们惶恐地四散逃开，托米和阿历克斯在一旁得意地笑起来。后来雄鬃也中招儿了，因为它咬破了一只红色的"水球炸弹"。它低声吼着，不停地抖身上的水，这一来连阿历克斯身上也湿漉漉的了。

托米在大帐篷顶上看得直发笑，又朝阿历克斯招了招手，然后他在帐篷最顶尖儿的地方做了个头顶倒立。阿历克斯看得大气都不敢喘，当然托米是不会发生什么意外的。托米爬回大帐篷里重新回到地面，阿历克斯又去灌了几个"水球炸弹"。

已经是晚饭时间了，阿历克斯必须跟托米告别，因为爸爸正喊他回去。回到房车的阿历克斯马上换了一套干衣服。吃饭的时候，阿历克斯的妈妈说："马戏团明天会在绿城堡演出，真是太好了，对吗？"

"太好啦！"阿历克斯应道。绿城堡是他们搬去贡德尔豪森之前住过的地方。以前幼儿园的小伙伴们会不会去看马戏团的演出呢？他们一定会震惊的，因为演出的时候阿历克斯会穿着金色的制服，在场上一会儿上一会儿下地帮忙搬运道具。

第二天一大早阿历克斯就跑得没影儿了，他要把这些事情都告诉托米。托米正倒挂在秋千上，想试试头朝下的时候吃蜂蜜面包是会吃进肚子里，还是会从鼻子里跑出来。最终面包还是被吃了下去，托米的鼻子里只跑出了一点点鼻涕。阿历克斯把自己想的都告诉了托米，托米说："希望他们能认出穿着演出服的你！要不然，我干脆举个牌子，上面写着'这是阿历克斯'？"

或许托米不该在进行"试验"的时候说话，这时他忽然呛着了，不停地咳嗽，蜂蜜面包也不小心掉在地上。面包掉落后沾满了锯末，看上去一点儿也不好吃了。

　　托米和阿历克斯跟巴特利夫人说了做牌子的事情，但她并不认为这是一个好主意。这一来托米只能祝阿历克斯好运了。

　　第二天演出的时候，阿历克斯异常兴奋，不停地用眼睛在观众席间扫来扫去，但是刺眼的聚光灯让他无法看清观众的面孔。终于，他找到了自己的小伙伴们——尤纳斯、瓦内萨和萨伊德！阿历克斯急切地跟他们打着招呼。当小伙伴们认出阿历克斯的一瞬间，他们惊讶得张大嘴巴，待在原地。演出结束之后，小伙伴们问了阿历克斯无数个问题，阿历克斯也骄傲地给大家讲述了他在马戏团里经历的一切。

　　最后萨伊德问阿历克斯："在马戏团逗留的这段时间里，你还能出来踢足球吗？"以前萨伊德和阿历克斯经常在运动场上一起踢球，萨伊德有一只非常漂亮的真皮足球，是红蓝两色的。

　　阿历克斯点了点头，但神情有点儿难

过。没有托米，阿历克斯总觉得哪里怪怪的。尤纳斯说：
"那明天上午来运动场吧，我们一起踢球！"

阿历克斯一口答应了。"我能不能再带一个朋友？"
他问道。

"当然可以。"瓦内萨回答。之后小伙伴们就跟着爸
爸妈妈一起回家了。

第二天，在去运动场的路上，托米很有兴趣地问阿
历克斯："足球赛是怎么进行的？"

"这个你都不知道？"阿历克斯有点儿吃惊，然后
解释道，"场地上有两个球门，球员要把球踢到门里去。"

"球门倒了就算赢吗？"

"不是的，球门倒了大家都会不高兴的，只要把球
踢进球门就行啦。"

这时，阿历克斯和托米听到树丛中有窸窸窣窣的声
音，还出现了一个深棕色的尾巴尖儿。"好啦，雄鬃，
我知道你也想一起去，但这次真的不行。"托
米对雄鬃说。雄鬃只好失望地低吼几声，悻
悻地回去了。

阿历克斯继续为托米讲解足球赛的规则：

怎样算犯规，什么是越位，还有怎么罚点球，一直讲到运动场。运动场里不仅有攀缘架和秋千，还有一块绿草坪和两个真正的球门。

阿历克斯的小伙伴们都已经到场了，其中还有几个阿历克斯不认识的男孩儿。

"你能来真是太好啦，阿历克斯！"瓦内萨喊道。

"你和你的同伴，来我们这一队！"尤纳斯说，"其他五个人一组，我们几个也正好是五个人。"萨伊德点头表示同意，用膝盖把球颠得高高的，说："我来当守门员。"

在场的一个女孩儿带了哨子和秒表，因此她担任球赛的裁判。她站在场地边缘，双手叉腰，扶了扶她粉色的有小花装饰的太阳镜，大声宣布："比赛时间为三十分钟，现在开始！"

萨伊德将球高高地抛向场地中间，大家一拥而上。一个穿着正式球衣的红发男孩儿，一脚将球截下，带球冲向球门。萨伊德见状赶紧飞身跃起，向球门一角扑去，可惜没有扑到球，他脸上现出沮丧的表情。

"哎！是把球踢到这个球门里吧？"还没等阿历克斯喊出"不！"托米就飞起一脚把球踢进自家球门了。

"哈哈，你们的新伙伴真厉害，他帮我们进球了！"对方球队的男孩儿们在讥讽托米。尤纳斯和其他队员生

气地瞪着他们。

"你踢错了，那是我们的球门！"阿历克斯朝托米喊道。

"噢？真的吗？"托米迷惑地挠了挠头。

对方的红发男孩儿的确是个优秀的前锋，紧接着他又控制住球了，动作敏捷的瓦内萨也拦不住他。一会儿工夫，场上比分就成了0:3。阿历克斯这一队的士气越来越低迷。对方的一个球员竟然还在比赛中踩了瓦内萨的脚。场上响起裁判尖锐的哨声："黄牌警告！"瓦内萨一瘸一拐地走到场地边上，他不能继续比赛了。

"我觉得我们没救了。"阿历克斯边踢边说。

"我爸爸有一次也这么说过。那次我们驾着一艘很小的船在尼罗河上行驶，一二十只饿得眼冒金星的大鳄鱼向我们包围过来。"托米开心地说，"但是你能想到吗，爸爸说错了！妈妈很严肃地对鳄鱼们说了些什么，然后尼罗河上就平安无事了。"

在托米不断讲述的同时，他拦下了红发男孩儿脚下的球，然后一脚射门，这次他正确地踢进了对方的球门里！"哈！我发现踢足球真是太爽了！"托米又踢进了一个球，接着又是一个，然后又是一个。现在比分追成了4:3，尤纳斯、瓦内萨、萨伊德高兴得手舞足蹈。说不定他们能赢得这场比赛呢！

面对托米突如其来的连环进球，对方球员简直惊呆了，他们差点儿忘了继续追球。还是红发男孩儿先回过神来，赶去堵截托米。

　　"一分钟倒计时！"裁判发出号令。

　　这时红发男孩儿又控制了球，他使出浑身力气把球踢向球门。阿历克斯无助地看着球从他身旁飞走，这么有力的一脚球，萨伊德肯定招架不住。

　　然而根本无须萨伊德去招架，只见场地上突然出现一道棕色闪电，直扑向球的方向。雄鬃兴奋地用爪子从右向左揽住了球，就像小猫抓线球一样。

　　"狮子！有狮子！"孩子们惊慌得大喊大叫，纷纷跑到攀缘架上躲了起来。只有小裁判待在原地，怒气冲冲地盯着雄鬃。"红牌警告！"她大喊着吹响哨子。这

哨声已经响得不能再响了，但雄鬃却充耳不闻，它正兴致勃勃地用牙齿啃着足球。"噗——！"一分钟后，撒了气的足球看起来活像个红蓝相间的煎饼。

"天啊，雄鬃！你可真是个破坏分子！"托米生气地拽着雄鬃的鬃毛，不住地责备它。然后朝其他的孩子喊道："你们不用害怕，这是我的狮子！"

雄鬃并没有毁掉这场比赛，因为这时响起了第二次哨声。"时间到！"裁判宣布比赛结束，"尤纳斯队以4:3获胜！"

托米和阿历克斯心照不宣地笑了。

渐渐地，躲在攀缘架上的孩子小心翼翼地回到地面，并惊奇地注视着雄鬃。只有萨伊德气急败坏地大喊："我的足球！再也不能踢了！"他大哭起来。

"还是买个新的吧，或者多买几个，以防万一。"托米边说边从口袋里掏出一张皱巴巴的一百欧元。"这是我上次演出的时候挣的，如果同意你就拿去吧。"

萨伊德接过钱，擦干脸上的眼泪，终于露出了笑脸。

到该回马戏团的时间了，阿历克斯跟他的小伙伴们道别，大家也向阿历克斯和托米告别："假期愉快！祝你们在马戏团一切开心！"那是当然啦，在马戏团里还会有更多开心的事情发生。

故事 8:
托米和阿历克斯的寻宝探险

　　菲尔那丽马戏团落脚演出的地方，总是人山人海。
但这次演出的小城跟别的地方比起来，却显得有些死气
沉沉。街上来往的人们带着忧伤的神情，小狗米勒先生
也因为找不到面包店，不得不空手而归。

　　托米叹息着摇摇头，说："他们的生活实在缺乏乐
趣，也就是说，这座城市需要我们！"

　　工人们已经开始叮叮当当地搭建大帐篷。半个小时
以后，杆子就竖好了，只要再在外面拉紧帷布，然后用
结实的绳索在地上固定好，一切就大功告成。托米说：

"现在我们可以开始做点儿让人高兴的事情了！"十分钟之后，他和阿历克斯在两根杆子之间拉起了一条钢丝绳，建了一个"索道"。托米走到马戏团的篱笆外，大声喊道："有没有人想坐缆车？"

开始的时候，有三四个面色苍白的孩子站在篱笆旁边，听到托米的问话后，压根儿就不相信。但后来还是跟着托米进了大帐篷。托米帮他们坐上高处的"缆车"，然后伴随着吵吵嚷嚷的尖叫声——出发！雄鬃无论如何也要坐坐"缆车"，可是"缆车"筐子根本就装不下它，它只好把爪子垂在"缆车"外面。托米和狮子在空中呼啸而过，迎面而来的风呼呼地吹起他们的头发。看到眼前这可笑的情景，阿历克斯忍不住笑了，托米大喊："这儿有世界上第一头会飞的狮子！"

忽然，钢丝绳啪地扯掉了！托米和雄鬃扑通一下摔到地上。托米马上站起身来，拍了拍自己和雄鬃身上的锯末。"我觉得，狮子太重了，不适合飞行。"托米嘻嘻笑着，抚摸着雄鬃的耳朵。

孩子们最后离开马戏团的时候，看上去比之前开心多了。再过几个小时，马戏团的演出将正式开始。

可是观众在哪里呢？现场只来了二十几位观众，看来演员们只能面对空荡荡的观众席演出了。而且没有一位观众买爆米花和棉花糖，真的，一位都没有！

"真是个奇怪的城市！我真想知道这到底是怎么回事。"托米纳闷了。演出结束后，托米在路上遇见了一个正要回家的女孩儿，他问她："你说，是不是这里的人都不喜欢看马戏团演出？"

"不是，"女孩儿深深地叹了口气，说，"是人们没钱看演出。之前这里有一个织布厂，现在厂子倒闭了，人们失去了工作，自然就没钱了。有时候人们连饭都吃不饱。我过生日的时候，汉堡的外婆送了我五欧元做生日礼物，我用它买了今天的门票。"

托米跑开了。他拿回来满满一大包爆米花送给女孩儿，并跟她道别。然后，托米皱着眉头看着阿历克斯。"我们得做点儿什么，"托米板着脸说，"这不行，这里的人连饭都吃不饱，这怎么能行！"

"可是，我们能做什么呢？"阿历克斯问道。

"哈！"魔术师奥罗拉·冯·格朗茨贝格刚好听到了他们的对话，接着说，"他们肯定不知道，在离小城很近的地方有藏了数百年的宝贝，不然他们早就变成富人了！"

听到"宝贝"两个字，阿历克斯激动起来，托米的眼睛里也闪着光。"真的有宝贝？什么宝贝？""你知道宝贝藏在哪里吗？"他们你一言我一语地问道。

还好，奥罗拉不再为狮子撕坏她衣服的事情而生气了。事后她新买了更漂亮的衣服。所以她现在很友好地给阿历克斯和托米解释："一个巫师曾经跟我说过，宝贝就在废旧古堡的地下室里。但有一点千万要小心，它由很凶恶的怪物守护着！"

听到这里，阿历克斯的胃里有种不太舒服的感觉。托米信心十足地说："我们有雄鬃！在怪物说'我要吃掉你'之前，雄鬃肯定早就把它踩成糨糊了。"

"对！"阿历克斯表示赞同，胃里不舒服的感觉也消失了。

因为正值假期，阿历克斯不必按时睡觉，他们现在就可以出发。阿历克斯准备了两只手电筒，带了些小饼干当干粮，此外还在背包里装了绳子和床单。如果要去寻宝的话，这可都是些能派上用场的东西。

然后，阿历克斯和雄鬃认真地看着托米用他的多功能刀，把两根长棍子削成合适的手杖。

"万一有什么东西袭击我们，我们就嚓！嚓！嚓！"托米兴奋地喊道。他们俩挥舞着棍子，试着做了几个打斗的动作就出发了。

古堡废墟坐落在一座小山丘上。阿历克斯和托米用他们的手杖在灌木丛中拨开一条道路。雄鬃悄没声儿地跟在他们身后，偶尔会跳起来扑向树丛里的老鼠，老鼠们吓得赶紧躲回洞里去。一路上弥漫着野生胡椒薄荷的

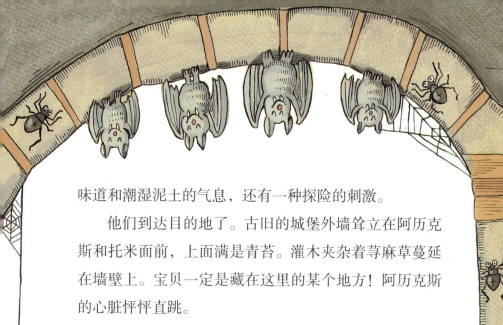

味道和潮湿泥土的气息，还有一种探险的刺激。

　　他们到达目的地了。古旧的城堡外墙耸立在阿历克斯和托米面前，上面满是青苔。灌木夹杂着荨麻草蔓延在墙壁上。宝贝一定是藏在这里的某个地方！阿历克斯的心脏怦怦直跳。

　　"现在我们必须先找到地下室的入口。"托米边说边用他的手杖在地面上来回拨弄。他们顺着城堡爬了一圈，一会儿的工夫就收获了很多战利品：十只空蜗牛壳、四块漂亮的石头、三个空瓶子、两个压扁了的啤酒罐、三个蚂蚁窝、一块陈旧的塑料薄膜，还有一些漂亮的小棍子和两只壁虎。就是没有找到地下室。

　　"也许奥罗拉说的那些事情根本就不是真的。"阿历克斯有点儿泄气了。这个时候他听到雄鬃吼叫的声音。

　　"它说它发现了什么！"托米边喊边朝雄鬃跑去。阿历克斯紧跟其后。真的呀——那里有一条通往地下的石阶。

　　"因为周围的草太高

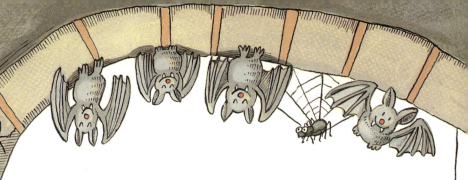

了，所以我们刚才没有发现这里。"阿历克斯觉得。雄鬃用爪子把高草踩倒，然后他们一个接一个地顺着石阶往下走。这些石阶看起来黝黑而又潮湿。

阿历克斯忽然想起那些看守宝贝的怪物，胃里不自觉地又是一阵翻腾。还好，雄鬃走在前面。

突然雄鬃发出罕见的叫声，调过头就往回窜。

"快闪开！"托米喊道，"雄鬃，你到底怎么啦？"

此时阿历克斯除了逃走没有别的想法。可是石阶太滑，他一不小心朝着托米的方向倒了过去，两人撞了个满怀，一起滚到了台阶底下。阿历克斯和托米吓得浑身发抖，两个人紧紧地靠在一起。在这片黑暗里，最恐怖的事情莫过于周围"簌簌"的响声，还有什么东西在他们的脑袋周围忽呼扇翅膀。

尽管害怕，阿历克斯还是战胜了恐惧，从口袋里掏出手电筒并打开它。他们现在已经在一间很小的地下室门口了。"哇，这满地都是什么蜘蛛啊，怎么这么大！"阿历克斯大叫着向后退去，"快看啊，它们的眼睛是红色的！"

"不是蝙蝠吧，"托米抬头向上看去，"噢，一切都明白了。原来雄鬃害怕的真是蝙蝠啊。"

"我也害怕蝙蝠,"阿历克斯坦白,"还有这些大蜘蛛……"

"是呀,这些可怜的蜘蛛,"托米叹着气,"没有人喜欢它们,我也不喜欢。"

说罢两个人用最快的速度冲到外面。托米坐在草丛上,若有所思地摸着鼻子。"我们可以骑在雄鬃的背上越过刚才那个地方,这样蜘蛛就不会来烦我们了。"

"那蝙蝠怎么办?"阿历克斯提出反对意见,"只要蝙蝠在,雄鬃就不会踏进地下室半步。"

"哦,看我的。"托米在阿历克斯的装备小背包中摸索着,他翻出绳索和床单,并把绳索剪成四段,分别扎在床单的四个角上。阿历克斯纳闷地看着托米,这是要干什么呢?

托米壮着胆子回到地下室,顺着粗糙的墙面爬到高处,把绳子分别系在室内四个角的大梁上。挂在天花板中间的蝙蝠们莫名其妙地看着托米。之后阿历克斯就看不到蝙蝠们奇怪的眼神了,因为挂在天花板下的床单已经把它们全遮住啦。太棒了!

雄鬃浅棕色的鼻子试探着伸进地下室入口,它犹豫不决地向里面张望,在确定周围再也看不到蝙蝠之后,才让阿历克斯和托米爬到它的背上。然后它钻进了小小的地下室。为了不踩到大蜘蛛，雄鬃在里面走着"之"字形。

"阿历克斯，你注意左边，我盯着右边，看看有没有宝贝，好吗？"托米说。

然而他们还没走几步，阿历克斯就觉得脸上和手上沾上了黏糊糊的东西。他被大蜘蛛的网子罩住了！

"救命啊！快救我！"阿历克斯大声呼喊。托米赶紧挥动他的手杖挑开了缠住阿历克斯的蛛网，几只蜘蛛匆忙地爬走了。

"还是八条腿跑得快！"托米开心地说，"现在必须抓紧时间了，我们还没看到宝贝的影子呢！"

这里看起来可真不像有宝贝的样子。

在这间地下室的小房间内，只有些腐烂的破木板、枯枝败叶和老鼠洞，当然还有不计其数的蜘蛛网。雄鬃用它的前爪和鼻子在每个犄角旮旯儿里搜寻着。为了嗅探墙壁的上方，雄鬃甚至用后腿支撑着身体站了起来。这使得坐在它背上的阿历克斯和托米不自觉地朝地面倒去。

"雄鬃，你想干吗？"托米急促地喘着气。幸好他在最后关头抓住了雄鬃的鬃毛，而阿历克斯也抓紧了托米。就在这时，雄鬃又来了一个大跳，朝它发现的东西扑了过去。是宝贝？不，只是一块沾满灰尘的骨头。

"别告诉我你想吃掉它！"托米的话中透出责备的语气。但雄鬃偏不听话，它拽着骨头，"吱吱嘎嘎"地啃了起来。突然，旁边的墙发出轰隆隆的声响。随后，他们眼前出现了一个隐蔽的小门，小门后面一片漆黑。

"快！我们快进去看看！"阿历克斯激动地喊道。

托米果断地从雄鬃的后背上跳了下来。密室里有什么东西在闪闪发光。"看，什么东西那么亮？"托米兴奋地边说边往外拖着什么。终于，他从里面拖出来一只大木箱子。这时，箱子上的盖子掉了下来，明晃晃的金币哗啦哗啦地撒到地上。最初的一刻，托米呆住了，阿历克斯也惊得瞠目结舌。之后托米大叫了起来，这声音回荡在小小的地下室里，好像有上百个野蛮的海盗在这里聚会似的。

"哇！"阿历克斯也激动地大叫起来，绕着金币蹦来蹦去。

托米和阿历克斯把金币塞满了整个背包。

回到马戏团之后，雄鬃心满意足地趴在房车下呼呼大睡起来。托米和阿历克斯却没休息多久。他们赶紧找来小推车，把找到的宝贝放在小车上。

"我们把金币送给这儿的居民，这样他们就能从早到晚都吃到烤鸡和蛋糕了！"托米欢呼着，"如果他们有胃口的话，夜里还能接着吃！"

　　但阿历克斯发现这并不是一个万全之计。"他们花光金币之后该怎么办呢？不是又会跟以前一样一无所有吗？"

　　"哎，是啊！"托米挠挠头。

　　这次阿历克斯倒是想出了好主意。他跟托米耳语了几句，托米诡秘地笑了。然后他飞快地向巴特利夫人的房车跑去，一分钟后他就返回来了："一切搞定！"

他们在车里装上了鼓和大喇叭。然后把车和宝贝拉到了这座小城的广场中央。阿历克斯不停地敲着鼓，直到人们都好奇地走出家门，聚集到广场上，想知道到底发生了什么事。接着托米举起大喇叭，声音传遍整个广场："请问市长先生在吗？或者市长女士？"

　　一位头发花白、戴着眼镜的先生一脸诧异地站了出来。"我就是市长。"他说。

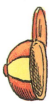

　　托米打开背包，拿出闪闪发光的金币，问道："这些钱够不够让织布厂重新开张？"阿历克斯补充着："能不能让这里的人都有一份工作？"

　　看到这些金币，市长激动地大张着嘴，就像离开水

的鱼一样。"够……够了,肯定够了!"最终,他结结巴巴地说着,又小心翼翼地把一枚金币拿在手上,用手指捻动着,"足够了。"

这时,巴特利夫人也来到广场上。她穿着华丽的团长制服,周围的人们充满敬意地为她让出位置。"已经有人想买下你们的布料了,"她愉快地宣布,"从现在起,我们所有的服装都由你们来缝制,大家同意吗?"

"同意!"人们齐声欢呼。

整个广场都充溢着欢乐的气氛。人们笑着唱着,高兴得手舞足蹈。马戏团第二天的演出自然全场爆满,以至于所有的空隙都挤满了观众。巴特利夫人决定免费为大家演出,因而场上座无虚席。马戏团的工作人员扛来了所有能找到的备用椅子。尽管如此,还是有很多孩子坐在场地边上,一些大人甚至只能站着观看。当托米·洛文弗洛德上场的时候,观众席爆发出热烈的欢呼声,小城附近的居民可能会因此受到惊吓,以为这里发生地震了呢!

最后只剩下三枚金币,托米和阿历克斯一人得到了一枚,还有一枚是雄鬃的。它身上早就没有香水味儿了,现在闻起来有一股发霉的地下室的味道。这天晚上,阿历克斯把他的金币小心地藏在枕头底下,美滋滋地睡着了。

故事 9:
托米参加了魔术表演

托米细心地照料着他的狮子,每天早上都为它梳理鬃毛、刷洗身体,直到把它的皮毛打理得像丝绸一样顺滑为止。然后,要检查它的爪子,有时候雄鬃的大爪子会踩到带尖儿的东西,有时会粘上怎么也甩不掉的口香糖。清理结束后,雄鬃就可以享受它的早餐了——一大块生肉。

托米忙着照料狮子的时候,阿历克斯就帮忙刷洗巴特利夫人的三匹白马,它们分别叫作小星星、小月亮和小太阳。

"为什么巴特利夫人的马不是黑色的呢?"动物饲养员鲍里斯微微抱怨着,这时他和阿历克斯正在为白马从头到脚地涂抹沐浴香波。"白色的马很快就变脏了，它们可以叫些更有意思的名字，比如'炉灰''鞋油'和'小黑鬼'！"

阿历克斯笑了，他洗干净手上的泡沫，向托米的房车走去。魔术师奥罗拉在半路上拦住了他。她身上的香水味儿还是那么呛人，阿历克斯连气都不想喘了。"你好啊，小阿历克斯！"她用讨好的语气跟阿历克斯说，"你们找到了宝贝，这真让人高兴啊！在这件事上我可给你们帮了不少忙，是吧？那现在我需要你们来帮我了！"

"呃，怎么帮呢……我想……什么事啊？"阿历克斯有点儿心慌，结结巴巴地问。

"你知道我的助手古贝特吧？"奥罗拉问。

阿历克斯点点头。古贝特是一个喜欢发牢骚的小矮人，喜欢在观众看表演的时候悄悄地解开他们的鞋带，并以此取乐。

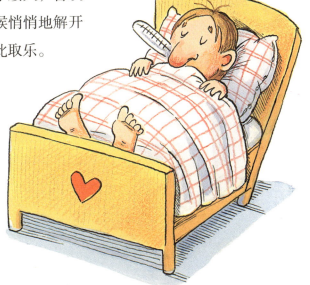

"哎，真可怜呀，他现在感冒了。鼻涕流得像个河马似的，到处都是！"奥罗拉深深地叹了口气，"这样他就不能参加演出了，所以我需要再找一个帮手，怎么样，你有兴趣吗？"

演出的时候，古贝特会被施以魔法消失一次，还会被锯开一次。对于这样的表演，阿历克斯也不确定自己是否有兴趣。

"我得先问问爸爸妈妈。"阿历克斯向奥罗拉道别。然后他马上跑去找托米。托米正在露娜和皮特那儿看他们的彩排表演。露娜和妈妈正排练"不来梅的音乐家"，小马驹亚诺什、狗狗米勒先生、公猫托比和母鸡康斯坦丁都参加了演出。皮特则和爸爸一起练习小丑的杂耍。

"奥罗拉想让我和她一起表演魔术。"阿历克斯连珠炮似的吐出这句话之后，三个孩子都好奇地看着他。

"最好别和她表演，"皮特说，"奥罗拉对演出不太上心，经常会出点儿小差错。前几天她还从帽子里变出了个马粪球，本来是该变出个鸽子的！"

"那是我趁她不注意的时候偷偷放进去的。"托米不打自招。

"可是还有一次，她把一只粉色的小兔子变没了，以后就真的再也没找回来！你们不是都知道吗。"露娜说，"这总不是托米的错吧。"

"可是到目前为止，古贝特也没出过什么大事儿，"托米神情轻松地反驳道，"我自告奋勇去当她的助手好啦，即使她一不小心从我身上锯掉了点儿什么……人为什么要有十个手指和十个脚趾呢，我觉得八个也够用了。"

　　阿历克斯松了一口气。他终于不用回去询问爸爸妈妈的意见了，反正问了他们大概也是不会同意的。

　　晚上演出的时间到了，托米跟着奥罗拉进入场地。他换上了一件红色的闪闪发光的演出服，看起来还挺像那么回事。

　　"今天魔术师奥罗拉将与一位特别的助手合作，为大家献上精彩演出，他就是托米·洛文弗洛德，世界上最勇敢的男孩儿！"巴特利夫人大声宣布。托米热情洋溢地向大家鞠躬。阿历克斯和观众们一起报以热烈的掌声。在这次演出中，阿历克斯的任务是在中场休息的时候帮着卖爆米花。所以在演出的过程中，他可以像其他观众一样，坐在位子上观看表演。

　　女魔术师奥罗拉向观众们鞠了一躬，结果眼镜从鼻子上掉了下来。当她弯腰找眼镜的时候，帽子又掉到地上的锯末里去了。唉，这可真不是个好兆头！阿历克斯突然觉得托米很危险，他想大声告诉托米快点儿跑，不要当奥罗拉的助手了，可是转念一想，世界上最勇敢的男孩儿肯定不会临阵脱逃的。

奥罗拉的第一个节目就是大变活人。托米来到场地中间，被煞有介事地盖上了一块布。奥罗拉挥动着她的魔法棒，然后火星噼啪四射，场上腾起一阵烟雾。突然之间，那块盖着托米的布已经平铺在地上，下面什么都没有了——怎么回事？托米去哪里了？观众们窃窃私语，抻长脖子四下张望。

　　阿历克斯紧紧地抓着椅子，焦急地扫视整个场地。希望奥罗拉没有把托米变到很远的地方去，比如城市的另一边！如果真是这样，一会儿他就不能和雄鬃一起表演节目了！

　　就在这时，从大帐篷上方冒出一个闪亮的红色人影，就在帐篷顶靠下的地方，他跟大家招手示意，大喊："嗨！下面的观众们，我在这里呐！"哇啊！太棒了，魔术成功了。但是，接下来还要大锯活人呢……

　　托米从空中回到地面后，钻进一个花花绿绿的箱子里，以至于观众只能看到他的头和脚。"原来这里面这么舒服。"托米边想边晃着脚趾头。

　　"这个魔术很危险的，拜托安静一点儿，千万不要乱动啦。"奥罗拉请求托米。

　　她从一个小桌子上拿起道具，从托米躺着的箱子中间开始，"吱嘎吱嘎"地往下锯。

　　阿历克斯犹豫着要不要闭上眼睛。

突然一声惨烈的叫声，是托米的声音，这叫声回荡在整个大帐篷里！

观众们都呆住了。奥罗拉疑惑地停下手中的动作，摘下眼镜擦了擦。"咦？"她喃喃自语，"难道……我看的魔法书页数不对……怎么会呢……上次表演还好好的……"

托米不再继续大喊了，反倒放声大笑起来，对奥罗拉说："我开个玩笑啦，你继续锯吧，肚子上痒痒的还挺舒服。"于是奥罗拉继续锯着箱子。锯开之

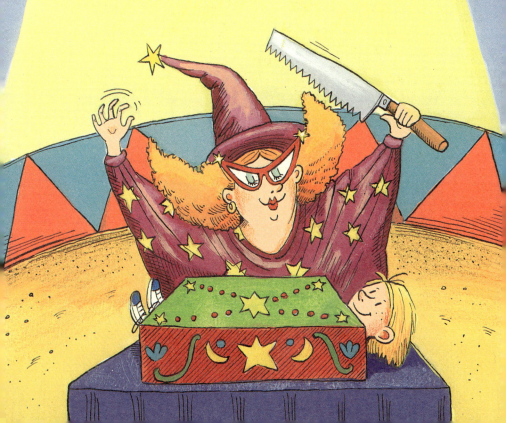

后，她用盖子盖住刚刚锯开的截面，把两个箱体分离开来，向观众证明中间除了空气别无他物。而托米却仍然安然无恙，正得意地吹着口哨。

阿历克斯终于舒了一口气。余光里，阿历克斯注意到一个人影。嘿，这不是古贝特嘛！他的鼻子红红的，看起来依然病得不轻。尽管如此，他还是神不知鬼不觉地混入正目不转睛地观看表演的观众当中。此时他坐在了一位穿米色外套的女士旁边。阿历克

斯一下就看穿了他的意图。那位女士的鞋带是金色的！怪不得，古贝特一定是想偷偷解开她的鞋带。

古贝特能不能解开她的鞋带呢，阿历克斯充满好奇地等待着。哈！一只鞋的鞋带已经开了。可就在这时，小矮人古贝特抽了下鼻子，突然打起了可怕的喷嚏，就在这位美丽妇人的双脚之间！

"咦！怎么回事！"女士惊呼起来。看到双脚前面这个小矮人的时候，她的叫声更大了。周围观众向她投来了好奇的目光。古贝特表情尴尬，赶紧掏出格子图案的小手绢擦擦鼻子溜走了。

演出结束之后，阿历克斯问他的朋友托米："说嘛，那魔术是怎么回事？"

托米只是笑了笑，说："如果我透露了魔术的秘密，奥罗拉真的会把我锯开的！"雄鬃用它粉色的舌头舔了舔托米的鼻子，这个大家伙大概也在为托米没有发生意外而感到高兴吧！

故事 10：
托米用羊驼口水和
狮子尿配出一剂良药

　　每天上午杂技演员们都要在场地里排练几个小时。托米和雄鬃也时不时地要尝试新的技巧，但他们练得并不频繁，因为托米只需用最友好的语气对雄鬃说明他的创意就够了。然后雄鬃就会眨着它金棕色的大眼睛——如果雄鬃没有更好的主意的话——照着托米的意思去做。

　　因此托米和阿历克斯有足够的时间去搞恶作剧和外出郊游。有时候他们也会给母象米米清理粪便。托米放肆地用铁锹铲起大象的粪便，然后用力地朝着小推车甩过去。"中了！"托米大喊。阿历克斯当然也想马上试一试，看自己能不能像托米一样命中目标。这有点儿像扔雪球的游戏，只不过他们扔的球是棕色的。米米看着他们，高兴地扇着它的大耳朵。不过米米的驯养员扬·海因里希今天的心情有点儿糟，平时他还是很友善的。

"别胡闹了，赶紧停手！"他脸色阴沉地命令道，"那边还有些秸秆，赶紧扫走！快去！"说完他转身离开，大概又去洗手了。扬·海因里希基本上每天都要洗二十次手，要是他在自己的衣服上发现了污渍——那，可能就有什么事要发生了。

"你可以自己去扫那些小秸秆呀！"托米朝他的后背说着，并吐了吐舌头。正好这时扬·海因里希转过身来，看到了托米。"你给我等着！"他大喊着朝托米扑来。但托米早就跑开了。他跑得可比扬·海因里希快多了，攀爬的功夫就更不用说了。当扬·海因里希追赶托米的时候，雄鬃呼噜呼噜地叫着，一下子跳到了路中间。扬·海因里希只好作罢。

托米和阿历克斯坐在托米房车的车顶上。托米叹息道："扬·海因里希急需服点儿'消气药'，那样他很快就能变得跟平时一样友好了。"

"什么意思？"阿历克斯好奇地问，"什么是'消气药'？它能让人变和气吗？"

"对，它能创造奇迹！"托米若有所思地摸着鼻子。"但它的方子太难弄了，里面有羊驼的口水，还要有狮子的尿液，蟾蜍的黏液也必不可少，当然还要有上好的泥巴。"

"是那种很黏稠的吗？"

"对！还要有剁碎的荨麻草。"

说完托米立刻翻身下车找小桶去了。阿历克斯也兴奋地跑去摘荨麻草，为此他还跟鲍里斯借了一双皮手套，这样拔荨麻草的时候就不会扎到手了。

要得到羊驼的口水比想象中麻烦一些。贝格曼有只名叫尼诺的羊驼，要想取口水就要先把它惹火。"实在对不住啦，但真的事出有因啊！"托米边说边朝尼诺的腿掐去。尼诺不满地叫起来，并向托米吐起口水。托米

见状赶忙举起小桶，只听"噗"的一声，他们的第二个药引也到手了，羊驼的口水颜色发绿并带有恶臭气。"谢啦。"托米摸着尼诺的脖子，跟它道谢，还送了它一根胡萝卜。这一来，尼诺又变得开心起来。

雄鬃好奇地看着刚刚发生的一切。现在，托米举起小桶——该收集狮子的尿液了。但是雄鬃看着大家，面露难色。"它现在不想撒尿。"托米翻译道。于是大家为它找来一大碗水，雄鬃"吧嗒吧嗒"地喝起来，这样一会儿就有尿意了。

在等待的这段时间，托米和阿历克斯提着小桶，在路上寻找蟾蜍，看看能不能搞到蟾蜍黏液。离马戏团不远的地方，正巧有一条小溪。托米和阿历克斯踩进溪水里，到处寻觅着。托米的嘴里发出老火车头一般的声音，"这声音能吸引蟾蜍。"托米解释说。阿历克斯被托米震住了。但是，尽管如此，还是没有蟾蜍被吸引过来。

"要是我们找不到蟾蜍该怎么办？"阿历克斯失望地问，"没有蟾蜍黏液，药方就没用了，是不是？"

"我们会找到的。"托米跟阿历克斯保证。然后他们又一次彻底地在整条小溪里搜索了一遍。阿历克斯一点儿停下来的意思都没有，他觉得溪水冲刷脚丫的感觉真是好极了。

"草地，草地里有声音！"终于，托米发现了什么。

他像个守门员一样向前扑去，好像要拦住一记猛球似的。之后托米得意地笑着，把合着的双手伸向阿历克斯："抓到了。"

阿历克斯透过托米的指缝，小心翼翼地向里面看去，里头蹲着一只棕绿色的小青蛙，它也正疑惑地盯着阿历克斯呢。他们把它放到小桶里，又谨慎地往它身上浇了几次水。"这样就有足够的黏液冲到水里了吧。"托米满意地说。然后他们把青蛙放回了它被捉的地方。

轮到雄鬃尿尿了。一道黄色"急流"噼里啪啦落入小桶，托米得意地笑道："这下子足够了，药量可真足啊，再给几个人也绰绰有余了。"然后他又抓起两把烂泥扔到了桶里。

阿历克斯拿着棍子用力搅拌着，这样就能将桶里的药引混合在一起。这药看起来触目惊心，闻起来实在令人作呕。托米往桶里扔了满满一把荨麻叶子。

"扬·海因里希一定要吃这个药吗？"阿历克斯有点儿怀疑了，"他真的会吃吗？"

"不，当然不用吃啦，"托米说，"这药是涂在身上的，很明显它是外用药啊。"

但是阿历克斯还是不确定，扬·海因里希会不会心甘情愿地把它涂在身上。而且他的心情越来越差，要让他用药，这难度也太大了。

托米已经有办法了，他那双绿色的眼睛闪闪发亮。"看见那边的树了吗？扬·海因里希带米米出来散步的时候总是从树下经过。我们带着药桶爬到树上，等他经过的时候就把药倒下去。"

阿历克斯觉得这是个绝妙的主意。但是药桶实在太重了，没办法提到那么高的地方去。于是托米和阿历克斯把臭烘烘的药分别装在两个小桶里。托米把其中一桶放到了他的房车旁边，说："这份还能用在别人身上。"雄鬃已经答应看管这桶药了。紧接着托米用绳子拴住另一只桶的把手，拿着绳子的另一头一阵风似的爬到树上，然后把药桶拉了上去。阿历克斯手脚并用，一蹿一蹿地爬到树上，把绳子头系了个疙瘩，放在了裤子口袋里。

托米和阿历克斯蹲坐在树杈上，隐藏在浓密的被风吹得不停摇晃的树叶之中，他们急切地等着扬·海因里希。阿历克斯小心翼翼地把遮挡视野的树叶拨向一边，这样他们就可以看到远处的一切。他们看到女魔术师奥罗拉一路小跑地经过树下；看到那几匹白马被骑出场地；还看到露娜和皮特在离树不远的草地上练习独轮车。最后他们终于等到了扬·海因里希和米米。当他们走得更近一些的时候，米米一下子站住了，扬起鼻子闻着什么。

"它发现我们了，可能也闻到药味儿了。"托米有些担忧地对阿历克斯耳语。阿历克斯紧张得都快坐不住了。

米米千万千万不要转身呀，不然我们的计划就泡汤了！

"走啊！"扬·海因里希催促着他的大象小姐，米米听话地慢慢移开步子。

扬·海因里希眼看就走到树下了……越走越近了……好！托米抓起药桶就往下倒，只听"扑哧"一声，这些棕绿色的东西全泼在了扬·海因里希的身上。托米和阿历克斯都紧张地等待着，看"消气药"是否能发挥作用。

扬·海因里希发出很奇怪的声音，但阿历克斯不知道他到底说了些什么。只见扬·海因里希挥动着胳膊，试着擦干净自己的脸。这可不是件容易的事情，因为很多"药"都洒在他的脑袋上，现在正顺着他的额头一直往下淌，都滴在外套上了。米米吃惊地看着它的饲养员，鼻子不住地嗅着这些稀泥。露娜和皮特从他们的独轮车上蹦下来，笑得直不起腰。托米和阿历克斯紧紧抓住树枝，生怕笑着笑着就从树上掉下去了。这下，扬·海因里希真的发现他们了！

他盯着树上大声吼道："是不是你们干的！"看样子他简直要气炸了。

"可能这药要过一会儿才能有效果。"托米小声地跟阿历克斯说。"那我们还是先躲躲吧。"两个小家伙从树上跳到地上，撒腿就跑。扬·海因里希在后面紧追不舍，

这次他绝不善
罢甘休，哪怕雄
鬃在一旁吼叫也无济于
事。可是他突然停了下来，
发出一声大叫——扬·海因里
希的脚踩到另一只药桶里了！

　　"希望这下能有点儿作
用！"托米边说边爬到他的房
车顶上。

　　扬·海因里希的叫声比之前更响了。但是车顶对于
托米和阿历克斯来说是安全地带，何况雄鬃还用牙齿咬

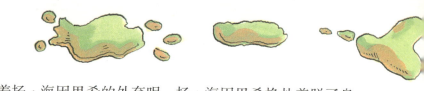

着扬·海因里希的外套呢。扬·海因里希挣扎着脱了身，脸色阴沉地回到他的房车，外套的一截儿还留在雄鬃的嘴里。阿历克斯已经猜到他在车里做什么了，这一次去洗洗还是有必要的！

"我知道为什么我们的药不管用了。"托米用手拍着脑袋，大叫道，"我们在河边逮的那个家伙是只青蛙，不是蟾蜍！蟾蜍的皮肤是疙疙瘩瘩的，青蛙的皮肤是光滑的。天啊，我们早该想到这一点的！难怪这药没

有效果。"

"尽管如此,这事还是挺有意思的。"阿历克斯说。雄鬃好像也是这么认为的,它那金棕色的大眼睛闪着快乐的光芒,嘴里还叼着一小块布料,其他的大概已经被它吞下肚了。

托米和阿历克斯继续在房车的车顶上坐了很长时间,因为那里的视野很美。不知不觉又到该换演出服的时间了,托米没有立刻跳下房车,而是转向阿历克斯,满怀喜悦地问:"你不想登台演出吗?正式的。"

"想啊,当然想啦!"阿历克斯激动得跳了起来,差点儿从车顶上掉下去。他喜欢在聚光灯下的感觉,非常喜欢。

"太好了,从明天开始,我们一起排练一个新节目吧。"托米笑着从窗户里钻进他的房车,"不过现在我和雄鬃得吃点儿小香肠了,我们还有足够的时间吃饭,你的肚子有什么建议?"

阿历克斯仔细地听着肚皮的反应,发现它的意见和托米一致。于是阿历克斯也从窗户钻进了房车——这招儿他已经学会了。

只要再睡上一觉,他们就要开始一起编排新的节目了!

故事 11：
阿历克斯救了托米，
托米送给他一块钻石

　　每到周末，大家都会聚到食堂一起吃早餐，气氛总是很愉快。杂技演员们把面包堆成塔的形状，再从塔底抽走自己想吃的那一块——神奇的是宝塔竟然不会倒！小狗米勒先生在吃掉面包之前，会表演用鼻子顶面包的绝技。大个子里纳多拿着平底锅，把里面的荷包蛋颠到空中翻一个跟头，再用锅子接住，煎蛋绝不会掉在地上。魔术师奥罗拉这次把果酱藏了起来，又从托米的耳朵里把它变出来了。

　　"我真的不知道她是怎么做到的。"午餐过后，托米和阿历克斯、雄鬃躺在树下乘凉的时候，托米说，"平时我的耳朵里肯定不会有果酱的呀，这点我敢保证！"

　　"确实不会有，但是上次我在你耳朵里看到了巧克力酱。"阿历克斯笑着说。托米估计那可能是他的耳屎之类的吧。之后两个小家伙和雄鬃一起，开始冥思苦想他们的新节目了。

"雄鬃建议在场地里表演'雨林大追踪'。"托米传达着雄鬃的想法。

"具体怎么表演？"阿历克斯问，于是托米又靠向雄鬃，做出倾听的样子。片刻之后他解释道："它说，我们可以把场地布置成热带雨林的样子，然后它在里面追我。"

"好主意！"阿历克斯赞叹道，"你可以在雄鬃跑去抓你的时候，在藤蔓植物上荡来荡去，在树枝中间保持平衡，我呢……可以在最后关头，从这只危险的狮子手中把你救出来！"

"你带着麻醉枪出现，然后雄鬃就倒在地上，假装失去知觉了。"托米兴奋地一跃而起，手舞足蹈地做着

摔倒和昏死过去的动作。"我们就这样演，最后还要装作把狮子运到德国去的模样。"托米眯起眼睛说，"看我来驯化这只危险的狮子吧。"

"对，之后我们可以继续表演给雄鬃拔牙那一场。你把头伸到它的嘴里，我给你当助手，帮你递钳子。"

托米把眼睛睁开，笑道："听起来真不错，那我们就这样演吧！"

阿历克斯和托米先去征得了巴特利夫人的同意。阿历克斯的爸爸和妈妈也愿意和大伙儿一起，帮他们制作热带雨林的布景和道具。当天，他们俩就和雄鬃一起在帐篷里排练节目了。

"雄鬃，现在你假装被麻醉枪打中了。"托米请求他的狮子。雄鬃眼珠儿一翻，虚弱地吼了一声，身体慢慢地倒向地面，四脚朝天。

"这样看起来不太像真的。"阿历克斯咯咯地笑了。

"确实不像，不过挺好玩儿的。"托米搂住了他的狮子，直到它重新睁开眼睛，舔着托米的脸颊。

接着，他们开始练习疯狂大追逐，阿历克斯再次被托米高超的攀爬技术和平衡能力所折服。到底有没有托米不会的东西呢？阿历克斯多想胜托米一筹啊——哪方面都可以！

接近中午时分，太阳高高地挂在天上，帐篷里变得越来越闷热。阿历克斯也显得有些消沉了，特别是当外面的太阳那么明晃晃地照着大地。"咱们还是别待在这儿了，"他建议，"我知道不远的地方有一条小河，那里肯定比这儿凉快。"

托米和雄鬃也觉得这主意不错。不一会儿的工夫，这两个小家伙就站在了及膝的水里，清凉的河水冲洗着他们的脚丫。托米说："就算现在来了只鲨鱼，它也占不着什么便宜，雄鬃一巴掌打过去，就能把它从水里拍出来！"

"可这是条小河啊，小河里是不会有鲨鱼的。"阿历克斯反驳道。

"噢，那就换成梭子鱼之类的吧。"托米欢快地答道，然后爬上了木桥，光着脚丫在栏杆上走起平衡木来。

"我们接着排练吧。现在就当这儿是原始森林里的一条河，我必须从一座用大树做成的独木桥上走过去，这很危险，因为下面有三十只鳄鱼正等着我掉下去！它们都还没吃过早饭呢！"

阿历克斯把眼一眯，就看到河里的鳄鱼了，当然是装作看见的。"托米，千万要小心啊！"

"我会的。"可托米刚说完就踩到了一块又湿又滑的地方。呼哧一声，他猝不及防地摔到了水里。幸亏河里不是真的有鳄鱼，但是托米看起来确实像是在与猛兽搏斗。他不断地挥舞着胳膊，身体也在努力向外挣扎。"救命！救命！"托米大声呼喊。怎么，难道托米不会游泳吗？现在该怎么办？去找个大人来帮忙吗？不行，这根本来不及了！

阿历克斯拼尽全力翻上栏杆，往托米那里跳去。在他旁边，雄鬃也用强有力的肚皮着水的姿势跳到了河里，他们一起向托米靠近。

阿历克斯抓着托米的胳膊，雄鬃用牙咬住托米的T恤衫，一起把他拖回到岸边。

"噗！谢谢……"托米往外吐着水，慢慢坐起身来。他脸色看起来还是略显苍白，雄鬃有些担心地把爪子搭

到他身上。这时托米竟然笑了，说："也许我该学学游泳了，应该不会很难吧，每条鱼都会呀。"

"想学的话，我可以教你。"阿历克斯向托米承诺，并在他身边坐下。虽然阿历克斯的身体还在发抖，但他觉得特别骄傲。因为他刚才真的救了托米，因为他也有托米不会的本领！早在一年之前，阿历克斯就通过小海马的考试了。

他们决定，马上就去参加游泳训练班。但是现在，还要先为演出做好准备。他们接着又开始训练，这次是在场地里。

晚上阿历克斯正和爸爸妈妈吃饭的时候，忽然听到有人敲门。阿历克斯开门一看，是托米站在门口，他的手里拿着一个小布袋。

"我送你件礼物，"托米神秘兮兮地说，"把手伸进去，拿出来看看！"

阿历克斯把手伸进去摸了摸，感觉像是有五六块小石头。他拿出了其中一颗，马上惊呼起来："嘿！谢谢你，托米！"他的手掌上躺着一颗闪闪发光的钻石，足有豌

豆那么大。

"真漂亮啊！"阿历克斯的妈妈说。

"我想表达一下谢意。"托米不好意思地说。阿历克斯和托米对视了一下，心照不宣地笑了。到底发生了什么事情，他们才不会说出来呢！

托米走后，阿历克斯骄傲地问爸爸妈妈："你们觉得，这样一颗钻石值多少钱呢？"

"噢，宝贝，它虽然看起来很漂亮，但是很可能只是玻璃做的，"妈妈委婉地提醒，"真正的钻石是很罕见很昂贵的，知道吗？"

"那人们怎样辨别它的真假呢？"阿历克斯问。

"这其实很简单，"爸爸说，"钻石是世界上最坚硬的物质，它比玻璃硬，所以能够划破玻璃。"

阿历克斯立马从桌边跳了起来，往窗户跑去。"如果没有割破玻璃，你也千万不要失望啊！"妈妈在他身后喊着。

阿历克斯根本没有仔细听妈妈的话，他拿着宝石向窗玻璃划去。吱吱吱，一条锯齿形的划痕出现在玻璃上。阿历克斯的爸爸惊讶得连手里的叉子都掉了，妈妈则大张着嘴巴。这场景可真滑稽，阿历克斯大笑着栽到沙发里。他把钻石藏到了他的宝盒里，所有的好东西都被他藏在那儿——那个贴得五彩斑斓的鞋盒里。

第二天一早，阿历克斯就往托米的房车跑去，他想为这件贵重的礼物再次表示感谢。当托米听到阿历克斯讲钻石划玻璃的事时，笑道："还用说吗，它肯定是真的呀！这些钻石是我自己在非洲找到的，在一个河边上。后来又找人打磨过，所以它才会有这么漂亮的光泽。"

"你真厉害！"阿历克斯说。

他们一起往马戏团的大帐篷走去，他们还要继续排练新节目。路上他们碰到了扬·海因里希。不好！当他看到托米和阿历克斯的时候，眼神马上变得黯淡了。"说吧，你们两个，前几天你们把那些恶心的泥巴弄在我身上，到底是什么意思？"

"那不是泥巴，是'消气药'！"托米解释道。

扬·海因里希一脸错愕，然后开始大笑，下巴都笑得颤动了。"消气药！"他笑得上气不接下气，无奈地摇摇头，说，"真是没办法跟你生气，托米。我现在又很友善了吧？前段时间我只是头痛得厉害，还好，现在已经康复了。"他跟托米和阿历克斯道了别，然后走开了。

托米和阿历克斯面面相觑，原来用青蛙黏液代替蟾蜍黏液的药方是治头疼的啊！

这天早晨，他们在大帐篷里练了很久，中间巴特利夫人还到帐篷里来看望他们。"很好，你们这么勤奋！"团长边向他们微笑边捋着自己的卷发，"你们什么时候才能准备好这个节目？"

　　"再过两天吧，如果您觉得可以的话。"托米有礼貌地答道。巴特利夫人同样有礼貌地说，她觉得这个时间很合适，因为演出服装和舞台布景也快做好了。阿历克斯在一旁只能不停地点头，因为他已经激动得一句话都说不出来了。

　　再睡两觉，就是阿历克斯第一次正式登台演出的日子了！

故事 12：
托米生日那天，
阿历克斯第一次登台演出

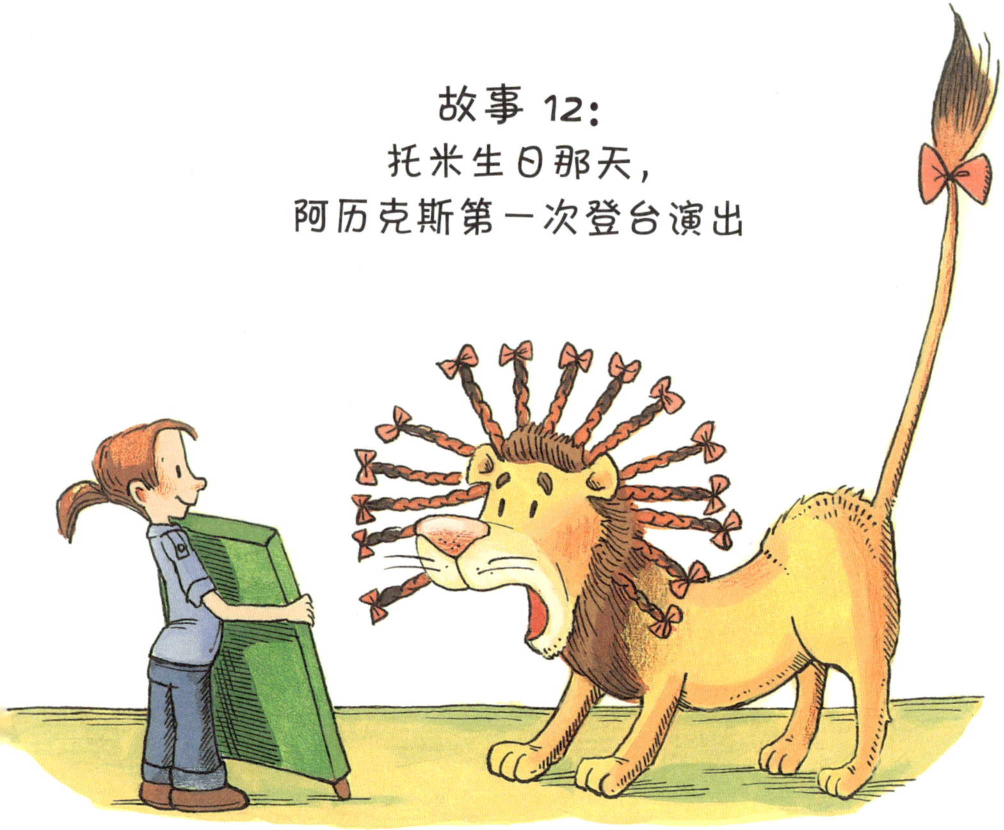

“你知道再过两天就是托米的生日吗？”露娜低声问阿历克斯。是吗？阿历克斯一点儿也不知道。两天之后也是他们同台演出的日子，到时候他们会有很多值得庆祝的事情。

但是他该送给托米什么礼物呢？阿历克斯考虑着。送玩具？送书？都不好，还是送点儿自己亲手做的东西吧，这样更有意义一些。或许可以送他一张雄鬃的画像？

阿历克斯想了又想，决定给托米缝一顶小帽子，并且要在上面绣上托米·洛文弗洛德的缩写——TL。妈妈和阿历克斯一起，在马戏团的下一站演出地选好了帽子的布料，然后由阿历克斯剪出帽子的各个部分和TL的字样，这样妈妈只要将这些部分缝起来就行了。帽子做好了，黑色的帽子配上金棕色的字母，看上去非常漂亮。阿历克斯先把它藏在自己的枕头底下，偶尔拿出来偷偷地瞄上几眼。托米会不会喜欢这份礼物呢？

贝格曼一家也为托米准备了不少惊喜。皮特为托米写了一首诗，露娜在托米生日的前夜，把雄鬃的鬃毛编了很多小辫儿，这会让它看上去非常喜庆。尽管奥罗拉也一起帮忙，但这事还是花费了很长时间。编好后，阿历克斯帮她们搬来一面大镜子，让雄鬃欣赏一下镜中的自己。雄鬃吃惊地盯着镜子，目瞪口呆，然后龇牙咧嘴地大吼大叫。

"我猜它不喜欢这样。"露娜叹了口气，决定第二天一早再把雄鬃的小辫子拆掉。那时候它肯定还趴在房车下面呼呼大睡，托米就不会看到扎着小辫子的雄鬃了。

终于迎来了托米生日这一天。露娜飞快地拆掉了雄鬃的小辫子，然后马戏团里所有的人都聚到了托米的房车前，齐声祝他生日快乐。

托米打着哈欠，刚把腿跨出窗口就忍不住大笑起来。阿历克斯完全明白这是为什么：雄鬃的鬃毛被编成小辫后又散开来，现在看起来卷卷的，就像故意烫了个大波浪似的！

　　雄鬃低声叫着，托米赶紧过去搂住了他的狮子，说："这些大波浪很适合你哦！"接下来，托米忽然想起什么，"有我的生日蛋糕吗？"

　　本诺·贝格曼嬉皮笑脸地说："哎呀，没有，我们忘了这回事了。"接着大家一起朝厨房走去。到了厨房，人们看到一个巨大的装扮得五颜六色的大蛋糕，这可是巴特利夫人亲手烤的。除此之外，还有堆得像小山一般的礼物。虽然托米平时总是和大家开玩笑，但是大伙儿还是很愿意在托米过生日的时候为他买点儿什么或者做点儿什么。阿历克斯把他为托米准备的帽子放到了礼物堆里。托米吹灭所有的八根蜡烛后，第一个打开了阿历克斯的礼物。托米把帽子戴在头上，高兴得笑开了花，叫道："这礼物我简直太喜欢啦！"看到托米这么高兴，阿历克斯的脸上也充满了欢乐的笑容。

　　大个子里纳多送给托米一个绳梯，米米送了一个椰子，奥罗拉·冯·格朗茨贝格送了一块白色的幸运石，鲍里斯送了一个自己亲手做的狮子剪纸，扬·海因里希送了一大块巧克力，小狗米勒先生送了一本关于著名的驯兽师的书。因为米勒把书含在嘴里，所以书皮儿上有一点儿狗狗的口水。托米无所谓地一把擦掉，并真诚地向它表示感谢。

在托米打开皮特的礼物时，皮特为托米朗诵了他新写的诗：

> 托米与雄鬃形影相随，
> 奔放自由又聪明无比。
> 一对好朋友永不离弃，
> 新的一年里，愿好运和掌声都归你！

"现在巴特利夫人肯定又要讲我是怎么来到马戏团的了，她每年都会讲这个。"托米小声地凑在阿历克斯的耳边说。果不其然，巴特利夫人开口了："有一天，我正在港口散步，碰巧赶上一艘外国货船正在卸货，我注意到一个哭喊着的小男孩儿。现在很多孩子都喜欢哭，有的甚至会哭上一整天。但大多数孩子肯定不会在那种情况下哭——那男孩儿像猴子一样，扒在一个被起重机高高吊起的笼子外面。他们也不会因为要和一头真正的活生生的狮子分开而哭。对，这个男孩儿就是托米。我向托米和他的婶婶尤妮拉提议，让托米加入我们的马戏团，这样他和狮子就都能留下来了。大家猜猜他们的回答是怎样的？"

"同意！"大家用尽全力齐声回答，然后笑着鼓掌，纷纷祝愿托米生日快乐，万事如意。

午饭时间，厨房为大家准备了大量的小香肠和地道的山地土豆羹。厨师肯定会为过生日的托米做他最爱吃的东西。午餐过后，大家都去休息了，演员们要为晚上的演出保存体力。

离开演还有一个小时的时间，阿历克斯就再也坐不住了，满脑子都是他的首场演出。

"你这是典型的怯场，"托米断言，"但是不用担心，我有办法来帮你克服。"托米在他的抽屉中翻了半天，找到了一只看起来已经用了上百年的茶包，上面的小标签已经不见了。"这是爸爸妈妈从马里的廷巴克图给我带回来的，"托米郑重地说，"它是消除紧张情绪最好的药方，只要把它放在冷水里泡一下就行。"

这副"镇静药"闻上去有一股胡椒薄荷的味道，喝起来味道却不差。真的呀，阿历克斯已经觉得好多了。

为了不吓到马上要入场的观众，托米把雄鬃关在了笼子里。阿历克斯和托米在房车内换好演出服，看着窗外的观众们蜂拥入场。他们开始了上场前的等待。为了分散注意力，他们玩儿起了"谁是黑皮特"的纸牌游戏。托米每次都能得到黑皮特，后来他索性把纸牌扔出了窗外，"它们真该在外面好好考虑一下，到底要不要继续'偏向'我。"托米说道。阿历克斯在一旁窃笑不已。

在演出休息的间隙，大家重新布置了表演场地，在场地周围架上围栏，这样观众们就不会觉得雄鬃可怕了。这时候的托米和阿历克斯已经藏在了舞台的大幕后面，透过演员的通道注视着场地上的变化。

终于轮到他们的节目了！当巴特利夫人介绍他们上场的时候，托米一个箭步冲到布置得像热带雨林一样的场地里，雄鬃紧随其后也跳了出来。

这本该是观众们凝神屏气，大气都不敢出的时刻啊。但现在是怎么回事？观众们为什么笑得那么厉害！

没多大一会儿雄鬃就蹿回了大幕后面。托米有些失望地开导雄鬃："你别不好意思呀，真的！他们觉得好笑，是因为他们从没见过满头卷发的狮子，相信我，他们不是在笑话你！"

但雄鬃倔强地蹲坐在地上，执意拒绝回到场地里。阿历克斯和托米只得试着从背后推这个大家伙，但它纹丝不动，只是低声呼噜着，宣泄它不满的情绪。

阿历克斯几乎要哭出来了。怎么会这样呢？难道辛辛苦苦练习了那么久的节目就这么放弃了吗？

这时，托米在他的狮子面前坐下，摸着雄鬃的鼻子，看着它的眼睛说："如果我告诉你我的生日愿望，就是让你马上回到场上去，行吗？我是认真的，拜托了，雄鬃！"

大狮子低下了头，呼哧呼哧喘着气。然后，它站起身来。

托米终于松了一口气。"演出继续！"他迅速跑回"热带雨林"中间，雄鬃也一个大步紧追了过去。

阿历克斯透过大幕密切注视着场上的情况。现在一切顺利，观众们确实被演出吸引住了，目不转睛地看着场上雄鬃和托米的惊险表演，在托米被追赶时吓得气都不敢喘。现在轮到阿历克斯出场了！他的心紧张得怦怦直跳。

阿历克斯嗖地掏出一杆麻醉枪，突然出现在聚光灯中间，大声喊道："我来帮你了，托米！你马上就会安全了！"奇怪，阿历克斯现在一点儿都不紧张了，甚至很享受这种为观众表演虚幻故事的感觉。观众席第一排坐着阿历克斯的爸爸妈妈，他们看起来一脸自豪。阿历克斯在台上既没有磕磕巴巴也没有忘记台词。雄鬃兴奋地配合着演出。他们得到的掌声，听起来就像大帐篷里下起了暴雨似的。

被汗水浸湿衣服的两个好朋友在大幕后面开心地拥抱在一起，然后阿历克斯的爸爸妈妈也拥抱了他们俩。

"干得好，孩子们，"巴特利夫人笑盈盈地说，"我甚至觉得马戏团里现在又多了一位驯兽师。"

阿历克斯觉得，这一刻是他生命中最美妙的时光！说起来他还要悄悄地感谢那三个讨厌鬼呢，如果不是他们在放学回家的路上欺负了自己，他根本就不会和托米·洛文弗洛德相识并成为朋友！那将是比被人欺负更糟糕的事情！

完

鸣 谢

十分感谢我的儿子罗宾和我的丈夫克里斯蒂安，在本书的写作过程中他们始终充满好奇并大力相助。我们曾长时间讨论：狮子到底叫什么才好？我给出的名字是"塔泽"，罗宾喜欢"雄鬃"，克里斯蒂安则提议叫"哈博"，但这个名字无人喜欢。最终我们决定采用的名字是"胜利者"，但在读者试读的过程中，该名字不被看好，因此我们还是采用了"雄鬃"。罗宾是本书真正的第一读者。

在这里我还要感谢阿米尼·哈尔那——幼儿园里的爬高小能手，他和我书中的托米·洛文弗洛德有很多相似之处，胆大又可爱，从他身上我得到了很多灵感。

当然我还要感谢我的编辑，卡琳·阿曼女士，感谢她给我这次写作的机会，感谢她给我的热情和有益的评语。

西尔维娅·恩勒特